La selva

OTROS LIBROS POR MARGARITA ENGLE

LION ISLAND:
Cuba's Warrior of Words

FOREST WORLD

ENCHANTED AIR:
Two Cultures, Two Wings: A Memoir

SILVER PEOPLE:
Voices from the Panama Canal

THE LIGHTNING DREAMER:
Cuba's Greatest Abolitionist

THE WILD BOOK

HURRICANE DANCERS:
The First Caribbean Pirate Shipwreck

THE FIREFLY LETTERS:
A Suffragette's Journey to Cuba

TROPICAL SECRETS:
Holocaust Refugees in Cuba

THE SURRENDER TREE:
Poems of Cuba's Struggle for Freedom

THE POET SLAVE OF CUBA:
A Biography of Juan Francisco Manzano

La selva

MARGARITA ENGLE
Traducción de Alexis Romay

atheneum

ATHENEUM BOOKS FOR YOUNG READERS
Nueva York Londres Toronto Sídney Nueva Delhi

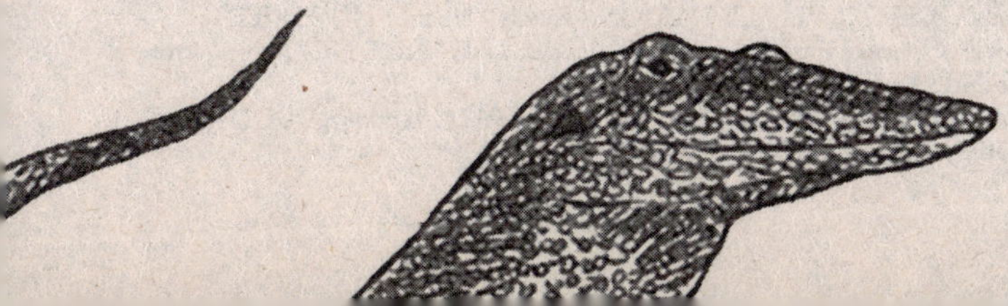

atheneum

ATHENEUM BOOKS FOR YOUNG READERS
Un sello editorial de Simon & Schuster Children's Publishing Division
1230 Avenida de las Américas, Nueva York, Nueva York 10020

Traducción de Alexis Romay
Originalmente publicado en inglés como *Forest World*
Ilustraciones de la cubierta y la página del título © 2017, Joe Cepeda

Diseño del libro: Sonia Chaghatzbanian e Irene Metaxatos
El texto de este libro usa la fuente Simoncini Garamond Std.
Hecho en los Estados Unidos de América
0924 BID • Primera edición
Edición en rústica de Atheneum Books for Young Readers
5 6 7 8 9 10
Catalogación en la Biblioteca del Congreso:
Names: Engle, Margarita, author. | Romay, Alexis, translator.
Title: La selva / Margarita Engle ; traduccion de Alexis Romay.
Other titles: Forest world. Spanish
Description: Primera edicion. | New York : Atheneum Books for Young Readers, [2019] | Summary: Sent to Cuba to visit the father he barely knows, Edver is surprised to meet a half-sister, Luza, whose plan to lure their cryptozoologist mother into coming there, too, turns dangerous.
Identifiers: LCCN 2018030392 (print) | LCCN 2018053149 (ebook) | ISBN 9781534429314 (eBook) | ISBN 9781534451070 (hardcover) | ISBN 9781534429307 (paperback)
Subjects: | CYAC: Novels in verse. | Brothers and sisters—Fiction. | Family life—Cuba—Fiction. | Forests and forestry—Fiction. | Poaching—Fiction. | Cuba—Fiction. | Spanish language materials. | BISAC: JUVENILE FICTION / Family / Siblings. | JUVENILE FICTION / People & Places / Caribbean & Latin America. | JUVENILE FICTION / Nature & the Natural World / Environment.
Classification: LCC PZ73.5.E54 (ebook) | LCC PZ73.5.E54 Sel 2019 (print) | DDC [Fic]—dc23
LC record available at https://lccn.loc.gov/2018030392

Para Curtis, que viaja conmigo y, con esperanza, para todos los superhéroes que protegerán la naturaleza en el futuro

"Cada persona es un mundo".

—Dicho popular cubano

VERANO DE 2015

Tiempo de cambios

Desastre familiar

~ EDVER ~

Miami, Florida, EE.UU.

Y yo que pensé que estaba preparado
para cualquier emergencia. Incendios, inundaciones,
huracanes, canallas armados, bombas
y cosas peores: las hemos ensayado todas
en espantosas prácticas de entrenamiento
de emergencia para estudiantes.

Hemos cerrado la escuela a cal y canto,
nos hemos pintado las caras con sangre falsa
y hemos practicado cargarnos los unos a los otros
hasta un helicóptero imaginario, gimiendo
y gritando con un miedo casi real,
mientras simulábamos sobrevivir catástrofes
sin sentido.

En medio de toda esta locura, jamás
se me habría ocurrido imaginar que mamá
me enviaría a conocer a mi padre ausente,
a la jungla remota en donde nací
en una isla que nadie en Miami
jamás menciona sin suspiros,
sonrisas, maldiciones o lágrimas...
pero las leyes de viaje de repente han cambiado,
la Guerra Fría terminó y ahora es mucho más fácil
que se reúnan las familias cubanas
divididas: mitad en la isla, mitad en tierra firme.

Mamá está con un entusiasmo tan raro
que parece sospechoso.
Desde el momento que anunció
que me enviaba a conocer a mi papá,
noté lo aliviada que se sentía de tener
un reconfortante descanso de su hijo salvaje,
el revoltoso: yo.

Si me escuchara, le diría
que no es mi culpa que una bicicleta de carrera
se metiera en mi camino mientras jugaba
en mi teléfono y montaba la patineta a la vez.
Para eso se hicieron los juegos, ¿no?, ¿para entretenerse?
Un escape, de modo que todos esos minutos que paso
patinando
de la casa a la escuela no sean tan vergonzosos.
Mientras mire fijamente a una pantalla privada,
nadie que me vea
sabrá
lo solitario que estoy.

Pulsa aquí, aprieta un botón allá, teclea…
el teléfono me hace lucir ocupado,
como si tuviera muchos amigos,
un muchacho al que le gustan los deportes
en lugar de las ciencias.

En ese sentido, soy más como mamá, que en raras ocasiones
levanta la cabeza de su computadora portátil en los fines de
semana.

Lo único que hace es trabajar como una maníaca,
buscando redescubrir especies extintas.

Es criptozoóloga, una científica que busca
criaturas escondidas, ya sean las legendarias
como el yeti, u otras que ya nadie ve,
tan solo porque son tan extrañas
y tímidas que se esconden mientras las aterrorizan leñadores
y cazadores declarados y furtivos, quienes venden sus partes
disecadas o atravesadas por agujas a los coleccionistas.
Asco de gente.

Pero ¿y si hay gato encerrado?
¿Y si el verdadero motivo que tiene mamá para asomarse
a su secreto mundo en la red
es flirtear para conocer a tipos raros
que a lo mejor ni son los héroes apuestos
que muestran sus fotos de perfil...?

¿Y si busca novio
y por eso tiene
que deshacerse de mí, para poder salir
con indeseables
cuando no estoy por estos lares?

Nuestras vidas agitadas

~ LUZA ~

La selva, Cuba

El verde
me rodea por todas partes,
el azul en las alturas,
¡y ahora mi hermanito
por fin viene
de visita!

He oído hablar de Edver toda mi vida,
a través de abuelo, que echa de menos a su hija
—mi mamá—
y de papá, que habla con tanta tristeza de la época
en la que vivíamos todos juntos en familia, enraizados
en nuestra selva y con las alas
de los sueños compartidos.

Ahora, al poner un pie en un lodazal en el que se han posado
nubes de mariposas azules, hay una brillantez que late
cuando los radiantes insectos beben a sorbos los minerales
oscuros del fango
mientras bailan una danza del hambre
llamada encharcamiento.

Las mariposas me recuerdan
a ángeles en miniatura, en pleno vuelo, brillantes,
mágicos y naturales a la vez.

¿Acaso saben lo frágiles y breves
que serán sus vidas
por los aires?

Después de viajar a la ciudad para recoger a mi hermano
en el aeropuerto, quizá regrese a esta musgosa
rivera y haga una escultura de una visión de gente
con alas al revés
bajo verdes árboles frondosos
enraizados en el cielo…

O mejor aun: podría quedarme aquí y esperar
a que se aparezca un colibrí, un zunzún no más grande
que una abeja, el ave más pequeña del mundo,
uno de los tantos
tesoros vivos que hacen que papá sea tan buen
superhéroe de la vida silvestre, a cargo de proteger las raras
criaturas de nuestra selva
del hambre
y la codicia
de los cazadores furtivos.

Adiós a mi vida real

~ EDVER ~

El último día antes de las vacaciones de verano,
anduve como una sombra, intentando ocultarme de quienes
vieron el video en el que estrello mi patineta
contra la bici de carrera.

Si alguna vez aprendo a codificar mi propio videojuego,
lo llenaré de gente de las sombras, cuyos sentimientos
no puedan
ser vistos.

Mañana volaré a Cuba.
Quizá irme de aquí sea buena idea.
Si me quedara en casa, lo único que haría
sería esconderme en mi cuarto
y jugar en la compu
solo.

Raro

LUZA

¡Qué raro!

Sí, es verdaderamente surrealista
salir de viaje de este modo,
felizmente preparada para conocer a un desconocido
y llamarlo
mi hermano.

Espero que sienta lo mismo conmigo.
Extrañeza.
Como un pájaro del bosque
en la ciudad.

El aislamiento de las islas

EDVER

El avión aterriza.
Un asistente de vuelo me conduce a una fila.
Preguntas.
Respuestas.
Otra espera nerviosa.
Más preguntas.
Muestro mi pasaporte.
Inspeccionan mi mochila.
El microscopio de disección
pasa de mano en mano entre hombres y mujeres
uniformados, algunos de azul, otros en verde,
hasta que finalmente
me lo devuelven todo
en lugar de robárselo.

Un suspiro de alivio,
pero a esta hora estoy tan nervioso que lo único que quiero
es calmar mi mente con los reconfortantes clics, sonidos
y silbidos de las llamas electrónicas de los dragones
en mi juego favorito, en un mundo en las redes
lleno de baba de grifos,
aliento de trasgos y los rezumados pedos
de unos pesados ogros.

Los animales imaginarios son casi tan extraños
como los reales, como aquella iridiscente

avispa esmeralda
de la que escribí
para un informe
sobre un libro de no ficción.

La avispa inyecta veneno en el cerebro de una cucaracha,
haciendo que el insecto más grande se vuelva un zombi
en el cual se monta como si fuese un caballo,
usando sus antenas como riendas
hasta llegar al nido de la avispa,
en donde, lo adivinaste, la obediente cucaracha
es lenta y asquerosamente
devorada por unas larvas
que se retuercen.

Ni ruiditos ni melodías del teléfono.
Ni red de juegos ni clics reconfortantes.
Nada de internet en el que investigar
cosas horriblemente fascinantes sobre la naturaleza.

Andar sin teléfono es mi castigo
por las lesiones del estúpido ciclista,
pero mamá me dice que de todos modos no podré encontrar
señal telefónica en la selva de papá,
y que casi nadie en esta isla entera
ha estado jamás en el internet.

Así que es como si estuviera de visita en el pasado distante
en lugar de en esta curiosidad geográfica, este sitio antiguo
en el que nací.

A mi alrededor, el Aeropuerto Nacional José Martí
se llena de un alegre ajetreo de familias abruptamente
reunidas,
de todos los chillidos,
llantos y abrazos
de parientes que no se han visto desde hace mucho
y ahora se encuentran
por primera vez en diez, veinte
o cincuenta años.

Echo de menos mi teléfono.
¿Cómo es posible que una isla tan bulliciosa
sea tan silente como la prehistoria
en cuestiones electrónicas?

Futurología

LUZA

Papá se dedica tanto a patrullar nuestra selva
que no la abandona ni siquiera por un día.

Por eso los aldeanos lo llaman El Lobo.
Nunca se rinde cuando le sigue la pista a un cazador furtivo
que quiere comerse una cotorra exótica o robarse
un colibrí del tamaño de una abeja
para venderlo
como una mascota.

Así que abuelo y yo somos los únicos
que hacemos el largo viaje para ir a buscar a mi hermano
al aeropuerto.

Por suerte, mi abuelo sabe cómo encontrar quien nos lleve
todo el trayecto, mientras damos tumbos y traqueteamos en
carreteras llenas de baches
en carros viejos que ya iban atestados
con otros autoestopistas,
todos agotados luego de una odisea de espera,
sudor y plegarias
bajo el sol inclemente.

Este es el verano, la temporada de lluvia,
pero por alguna razón desconocida, estamos en medio
de la peor sequía en nuestra isla.

¿Será el cambio climático, el desastre del que papá
nos habla una y otra vez?

Ríos de nubes
sobre ríos de agua
que de pronto se han secado,
dejando a las partes tropicales
del mundo
en la incertidumbre.

Para pasar el tiempo, imagino un futuro
de ratas que hacen instrumentos y viven en cuevas,
y que algún día estarán a cargo de todo
si no se le pone un alto
a la deforestación.

Qué dilema, explica abuelo: nos hace falta
el transporte, pero también queremos límites.
Nos hace falta la tierra de cultivo, pero no podemos cortar
todo el tesoro natural y silvestre de los árboles.

La sequía en la temporada de lluvia es la maldición del año.
El año pasado tuvimos a demasiados turistas
robándose plantas de nuestra selva para usarlas
como medicina, o para cultivar las más hermosas orquídeas
en invernaderos, o tal vez porque la gente
es codiciosa y papá no puede patrullar
cada sendero
todo el tiempo.

Incluso a un lobo
le hace falta su camada,
un equipo.

Si tan solo mamá nunca se hubiera ido.
Juntos, los dos
habrían podido ser
feroces.

El yeti y otras posibilidades

~ EDVER ~

Si mamá no fuese una criptozoóloga,
tal vez yo no estaría obsesionado con la ciencia.
Quizá tendría más amigos,
jugaría en un equipo, me invitarían a fiestas
y pasaría mi tiempo libre en parques de patinaje,
en lugar de estrellarme contra ciclistas.

Mamá viaja por el mundo en busca de animales
que podrían no existir y de otros que se creía con certeza
que estaban extintos, hasta que fueron redescubiertos
de pronto, y se convirtieron en especies lázaro,
como ese muerto en La Biblia
que fue devuelto a la vida: un milagro,
solo que estas extrañas criaturas han sido encontradas
mediante el arduo trabajo de científicos empecinados
que siguen y siguen en la búsqueda.

El buey de Vu Quang, por ejemplo,
que se parece a un unicornio,
en Vietnam y Laos.

Había sido clasificado como desaparecido, fue redescubierto
y ahora es una especie en peligro de extinción,
porque la selva
en la que vive
está empequeñeciendo.

Así que supongo que si mamá alguna vez encuentra al yeti
o al monstruo de la laguna negra, tendrá que clasificarlos
como especies amenazadas.

Dice que solo hay dos actitudes posibles
hacia la naturaleza
en el siglo veintiuno.
Úsala antes de que la pierdas.
Protégela mientras puedas.

En su empeño por hacerme querer a un padre
que no recuerdo, me dice que es un superhéroe,
el ejemplo perfecto de un protector de la naturaleza
que lo sacrifica todo para vigilar una única
montaña, junto a todos los insectos,
aves, murciélagos, serpientes y lagartos
que viven allí.

Cuando habla de él, la fascinación
en su voz crece poco a poco, como si papá fuese
un fósil escondido que ha vuelto a la superficie
arrastrado por las inundaciones.

Cuánto me gustaría que hablara de mí de ese modo,
en lugar de conminarme a que salga a jugar
como si tuviese la mitad de mi edad.

Dice que no tiene sentido
la manera en que me apasiona la ciencia
y que no sepa explorarla.

Mamá tampoco responde al sentido común,
como cuando antes de llegar al aeropuerto de Miami
me dijo que pronto iba a conocer
a alguien especial: una sorpresa,
pero me aclaró que no es papá
y se quedó callada
luego de que le pedí
detalles.

Nunca he sido fanático
de las espontáneas sorpresas de mamá.
Tienden a avergonzarme,
incomodarme o, peor aun,
como aquella vez cuando me cambió
de escuela sin previo aviso,
o aquella Navidad cuando unos primos
que viven lejos vinieron de visita
y se negó a abrirles la puerta,
insistiendo en que tenía
que trabajar.

¿Esta vez qué será?
Ni siquiera tengo ganas de comenzar
a hacerme sentir mal y miserable
intentando adivinar.

Fragmentología

~ LUZA ~

Cuando la gente pobre hace autostop, o "pide botella",
cada viaje es un muestrario de disposiciones ante la vida.

Algunos se quejan del hambre.
Otros comparten frutas.
Muchos cantan; algunos se quedan en silencio
o hacen cuentos increíbles, inventando
mentiras fantásticas.

Abuelo sólo habla en voz baja, en privado,
intentando prepararme para cuando conozca a mi hermano.
¿Por qué la madre que apenas puedo recordar
escogió a Edver para que fuese al norte con ella,
mientras me dejaba
aquí?

Dos fragmentos, dos niños, divididos
como sobras
luego de un picnic.
Ocurre todo el tiempo en Cuba,
las familias rotas
en restos diminutos, como plumas
arrastradas por el viento
mucho después de que el pájaro
haya muerto.

Si voy a ser un ala rota,
déjame aletear al menos una vez
antes de que la magia
se pierda.

Cara a cara

EDVER

En el aeropuerto, más allá del ruidoso carrusel de las maletas,
un viejito flacucho muestra un cartel que dice VERDE,
mi nombre real, la palabra que no cambió
hasta el círculo infantil en Miami, cuando todos
se burlaron de mí por esa gracia.

Por eso lo viré al revés, solo que no podía pronunciar
Edrev, así que lo convertí en Edver.

Ahora, como si conociera al yo verdadero —un cerebrito
nombrado en honor al color de los árboles del bosque—,
abuelo me abraza
fuertemente, luego me quita la mochila y habla
muy rápido, *en cubano*, mientras me guía al resplandor
de un asfalto que se derrite, donde carros antiguos
pintados de colores vivos están en fila
por todo el estacionamiento
en hileras brillantes, como juguetes de tamaño real
para adultos.

"Tu hermana", dice abuelo,
mientras me empuja a los brazos de una niña
tan cercana a mi edad
que podríamos ser gemelos.

¿Hermana?
¡Hasta donde sé,
yo siempre he sido
hijo único!

Simulando que estoy al tanto
de lo que ocurre, como que le doy un abrazo,
luego muevo la cabeza como una pelota de goma,
sin apenas escuchar
sus preguntas.

Lo único en lo que pienso es: ¿en serio, mamá?
¿Así que esta era tu gran sorpresa?

Tantos sermones acerca de cómo comportarme
en esta isla, pero mi madre nunca se molestó
en mencionar que tengo una hermana,
un misterio, un rompecabezas, una adivinanza…

¿Por qué? ¿Acaso no merezco la simple verdad
en lugar del complicado, loco
egoísmo del genio de mi madre?

Solo hay un modo de sobrevivir
a esta conmoción de hermana: simular
que no
me importa.

Redescubrimiento

~ LUZA ~

No puedo creer que ella nunca se lo hubiera dicho.
¡Yo he sabido de Edver toda mi vida!

El viaje a casa de nuestra tía
en un taxi destartalado
ahora parece un trayecto
a través de un tiempo deformado,
años luz de confusiones
condensados tan solo en unos pocos
minutos rotos.

Toda esta ciudad de La Habana está en ruinas,
las fachadas de las casas pintadas de colores vivos,
mientras que los interiores son como esqueletos, abiertos
al resplandor del cielo en cualquier parte en donde falten
las paredes.

Cuando pasamos por el borde del malecón, el dique marino
de piedra
de un duro gris, miro fijamente a los jóvenes
que bailan en grupos o se sientan en solitario
a contemplar con tristeza las olas infinitas
mientras las azules aguas ondean hacia Miami.

Imagino que sueñan con viajar,
como lo hiciera mamá, cuando se fue de casa
sin mí.

Edver absorbe
nuestro choque
de hermanos
manteniéndose ocupado
en lugar de hablarme.

Ojos ansiosos, dedos nerviosos, vacía
la mochila y expone regalos de tanto valor
que apenas puedo dar crédito al espectáculo deslumbrante.

Jabón, champú, lociones, todas las cosas
que son tan imposibles de conseguir en Cuba.

Como un mago que saca el conejo de la chistera,
Edver desempaca un microscopio, exactamente del tipo
que papá siempre ha deseado: un estereomicroscopio
que magnificará las delicadas antenas, las mandíbulas
y las alas y expondrá todos los secretos de los insectos.

Entonces, Edver comienza a mover las manos
de un lado a otro
como remolinos mientras describe —en un idioma
que no es español del todo, pero tampoco *English*—
el mejor modo
de poner
una masa amorfa de polvo
en un vidrio de poco espesor para luego meterlo bajo
el lente del asombroso microscopio
para que podamos detectar toda una araña

del tamaño
del ojo
de un mosquito.

¡Increíble!
Y, aun así, le creo, del mismo modo que creo
en esta imposiblemente maravillosa realidad de poderosos
binoculares que mi hermano me entrega, declarando
que son un regalo especial para mí, de nuestra madre…
incluso cuando le veo en los ojos
que ella no le dijo nada de mí.
Nada en absoluto.

Conmoción de hermana

~ EDVER ~

En la destartalada casa de nuestra afable tía,
demuestro el trabajo detectivesco de un biólogo
con el estereomicroscopio
mientras pienso en maneras fáciles
de jugar al asombro
con este misterioso rompecabezas
de mi perdida
y recuperada al instante
hermana lázaro.

Me entero bien pronto de que los ácaros del polvo no la
impresionan,
así que me arranco un mechón oscuro de pelo
y me siento a mostrar las claras diferencias.
Mi pelo es rizo, el suyo es lacio.
Quizá después de todo no somos parientes, pero sí tenemos
la misma piel marrón-rojiza, los ojos negros,
las miradas feroces y nombres al revés.
Luza
comenzó siendo Azul.

Solo a mamá se le ocurriría presentarnos
dejándonos dar con nuestra propia versión
de la verdad.
¿Adoptados?
¿Medio hermanos?
¿Hermanos de crianza?

Parece que casi somos de la misma edad,
pero abuelo y su hermana
—nuestra tía, una tía abuela—
insisten en que Luza y yo
solo tenemos un diminuto
apenas perceptible
año
de diferencia.

Eso hace que ella tenga doce años,
prácticamente una adolescente
desconocida.

Definitivamente me hará falta este microscopio
para encontrar cualquier estrambótica manera
en la que pueda resultar que seamos
lo suficientemente similares para aspirar
a algún tipo
de amistad
inusual
en este desastre familiar.

¿O acaso quiero entender a Luza
y por qué mamá se fue sin ella?
¿No sería más sencillo
tan solo simular que esta muchacha

es una singularidad descarriada de la naturaleza,
como uno de esos centauros
mitad unicornio, mitad humano
de mi juego de dragones?

Microscopio

~ LUZA ~

No me interesa mirar un mechón
del pelo rizo del caótico nido de pájaros
de la cabeza de Edver.

Tiene once añitos.
La diferencia entre su edad
y la mía
es como la brecha que existe entre creer
en conejos
que salen de las chisteras de los magos
y saber
que puedo crear mi propia
forma de poder,
lo real maravilloso,
un estilo que mi maestra llama
realismo mágico.
Arte.
Escultura.
Arquitectura.
¡Sueños que se hacen visibles!
Formas moldeadas del barro, la basura, los cachivaches,
toda suerte de fealdades desperdiciadas
convertidas en belleza,
tan solo por el simple contacto
con creativas manos humanas,
mis dedos y las palmas de mis manos

hambrientos de significado,
sobre todo en los momentos
en que este mundo común y corriente
no tiene ningún sentido.

Así que mientras tía se embadurna la cara
con el regalo de la loción
y abuelo mira a través del valioso microscopio,
yo contemplo más allá de la ventana
con estos nuevos binoculares
y me siento aun más sola que antes de conocer
a mi pudiente hermano americano,
con sus caros obsequios
y sus lujosas zapatillas deportivas.

Esos zapatos de baloncesto que lleva puestos
probablemente cuesten tanto como la pensión anual
del retiro de abuelo: seis dólares mensuales
y seis por doce meses es igual a setenta y dos dólares al año,
o, como los cubanos decimos en broma, setenta y dos
dolores,
no dólares, ni dinero. Solo un truco en la ortografía,
pero crea una diferencia enorme.

Esta vista desde la ventana de mi tía es casi
tan trágica como mi decepcionante hermano.

Balcones caídos.
Aceras desmoronadas.

A ambos lados de la destartalada calle llena de baches,
árboles de plátano y aguacate cuelan sus poderosas raíces
a través del concreto roto por el cual pequeñísimas raicillas
se aferran de las finas grietas y separan la dureza,
forzando a este mundo urbano a hacer espacio
para el crecimiento natural.

En una descascarada pared de un jardín, alguien ha pintado
un mural de sombreros en forma de macetas al revés
que lleva puesta gente que no parece darse cuenta
de que las lianas de la selva se desparraman
por encima de las viseras,
con zarcillos enrollados que se agarran de ojos y orejas,
haciendo que todo sea verde, como si la naturaleza
hubiese reclamado su territorio perdido.

¡El festival de arte debe haber comenzado!
Algún día no lejano, quizá mis estatuas de basura
sean incluidas, todos mis minúsculos vestigios de esperanza
que emergen de mosaicos de cosas rotas,
cosas feas, microscópicas esquirlas
de posibilidad.

Reglas

EDVER

No hables de política.
No presumas.
Nunca comas demasiado.
No hagas chistes repugnantes.
Nunca te jactes de tener
muchas cosas modernas
o de poder pagar
para que arreglen las cosas rotas
de nuestra casa,
o el modo
en que compramos
montañas ilimitadas de comida
en magníficos y rebosantes
supermercados.

Estas son solo algunas de las severas órdenes
que mamá me dio
cuando me llevó al aeropuerto internacional de Miami
y me dejó a que lo hiciera todo por mi cuenta:
el control de seguridad, la puerta de embarque y, luego,
el arribo: el pasaporte, la aduana, las preguntas.

Por eso intento ser maduro y obedecer
cada regla, para demostrar que soy verdaderamente
responsable y que así tal vez
me devuelva mi teléfono.

Evitar la política es fácil, pues nunca entendí en realidad
por qué el pequeño país de mi nacimiento
y la inmensa nación de mi vida diaria
alguna vez se odiaron tanto
en cualquier caso.

La mayoría de las demás instrucciones
son incluso más fáciles.
No me puedo lucir sin mi teléfono,
ya que mi única habilidad es volar
con la forma de un dragón, incinerando a trasgos mocosos
con llamaradas que hacen que mi puntuación
suba como la espuma.

Eructos, pedos, caca de ogros,
incluso las partes cómicas de ese juego
no están disponibles aquí.

Lo único que tengo es mi sentido del humor,
chistes que tengo que mantener en secreto mientras imagino
a mi hermana envuelta en una armadura,
una torpe jinete que no puede cabalgar
sobre su caracol de carrera, una rápida criatura que salta
sobre una gruesa pierna babosa…

Simular que no tengo hambre es distinto y diferente,
un reto doloroso, casi una tortura.

Mamá me advirtió que, aunque tía es cirujana de la vista,
los doctores en Cuba solo reciben veinte dólares
al mes, como el resto de la gente.

Así que no me debo llenar la barriga
con sus escasas raciones de comida, las cantidades de arroz,
frijoles y pan cuidadosamente calculados
que cada isleño recibe.

Yo me zamparía al menos tres hamburguesas
si estuviera en casa y jugaría con mi teléfono
mientras mamá mira fijamente a su computadora,
pero en lugar de eso,
estoy aquí atascado en esta mesa increíblemente ruidosa,
rodeado de gente que habla que te habla que te habla,
en vez de
educadamente
ignorarse los unos a los otros.

Mi español es bueno, pero no conozco los gestos
ni las expresiones faciales.
Cada vez que mi hermana entorna los ojos,
parece un mensaje secreto
escrito en código,
pues tiene al menos cincuenta diferentes posiciones
con las cejas para demostrar cuán asqueroso
piensa que es mi juego
luego de escuchar mi entusiasmada descripción
en *Spanglish*.

Qué bárbaro, dice abuelo entre risas,
mientras hablo de elfos de dientes verdes
y del apestoso hongo del dedo del pie
de un ciempiés gigante.

Después de eso, abuelo y yo inventamos
cosas verdaderamente chéveres y repugnantes, y luego
cambiamos
a fabulosos datos científicos, como el almiquí,
una especie de solenodonte que no se encuentra en ningún
otro sitio
en la Tierra, solo en las partes silvestres de Cuba.

Todos creían que el extraño animalito nocturno
y subterráneo estaba extinto, hasta que mi abuelo
fue parte de un equipo de biólogos que redescubrieron
exactamente
un
sobreviviente.

Nombraron al solitario almiquí Alejandrito,
pues un animal es un individuo, no simplemente un grupo.

Alejandrito tiene saliva ponzoñosa, así que abuelo
no podía tocar su cuerpo con forma de rata,
o su caricaturesco hocico
puntiagudo por temor a ser mordido.

Por lo tanto, se dedicó a observar a la criaturita
desde lejos,

tomando fotos y garabateando notas,
en los lentos días de antaño
antes de las computadoras y los móviles,
con una cámara y una pluma.

La buena noticia es que hace tres años, en 2012,
¡fueron descubiertos siete solenodontes cubanos!
Así que parece que esta es otra especie lázaro
que de hecho tiene una posibilidad de sobrevivir
en la vida real.

Cuando Luza de improviso se cuela
en la conversación, comenta
lo sombríos que lucen los negativos
de las viejas fotos de abuelo,
como un animal fantasma atrapado en el papel,
una espeluznante memoria del último almiquí macho
en busca de una solitaria
hembra
excepto que no era el último, después de todo,
así que nunca hay que perder
la esperanza.

Es la regla número uno de la criptozoología.
Nunca des por cierta la extinción total.
Siempre mantente dispuesto a aceptar
el asombro.

Tal vez así será como intente pensar en Luza,
como alguien que declara ser pariente mía,
pero en verdad es un fósil viviente, una sobra
del matrimonio muerto de mis padres.

Resolver

~ LUZA ~

Resolver.
Arreglar los problemas.
Inventar.

Es el modo en el que papá me enseñó a adaptarme
a la escasez y las penurias.

¿No hay jabón?
Cámbiale tu ración de arroz
a un vecino que recibe regalos de Miami.

¿No hay suficiente comida?
Siembra plátanos y aguacates en la acera.

¿Se esfuma la naturaleza?
Conviértete en guardián de la selva, patrulla
en tu caballo, talla un rifle en madera,
asusta a los cazadores furtivos haciéndoles pensar
que tienes balas.

¿Decepcionante hermano perdido
a quien casi deseas que nunca hubieras
redescubierto?

Ignóralo e imagina
un cripto-hermano más agradable

oculto en lo más profundo
de tu mente privada,
esculpido y pintado
de ensueños,
como los deseos secretos
de otro
mundo más generoso
en un tiempo
más sereno.

La vida en la edad de piedra electrónica

~ EDVER ~

Descubrir que mi tía tiene una computadora,
pero no tiene internet,
es como estar en un planeta
en el mismo enorme universo
que la Tierra,
pero a tantos años luz de distancia
que nunca podré regresar
a casa.

Hay películas viejas, música de jazz
y exactamente dos juegos, medio bobos
para niñitos, que ni vale la pena jugarlos.

Así que en lugar de quedarme enjaulado
en esa casa aburrida, accedo a dar un paseo
con Luza, para ver todo ese arte de basura vieja
que ella llama
realismo mágico.

Las estatuas en el festival de arte

~ LUZA ~

Lenguas rojas atravesadas por espadas,
gente mitad gallo, centauros, sirenas,
niños con forma de bumerán.

La última escultura es fácil de interpretar.
Los bumeranes son niños de Miami, como Edver,
sacados de aquí por adultos y ahora enviados de vuelta
a conocer por primera vez
a sus familias abandonadas.

¿Por qué nuestra madre no me invitó a mí a la Florida
en lugar de enviar a mi hermano aquí,
por su cuenta, un confundido niño bumerán
que viaja
solo?

Perdidos y aún por encontrar

~ EDVER ~

Las estatuas de los centauros y las sirenas
me hacen pensar en mamá, con sus becas
para estudiar especies desconocidas
que se creían perdidas por siempre
hasta que unos pocos sobrevivientes fueron hallados
por varios equipos internacionales
de investigación.

Lagartos del terror en Nueva Caledonia,
ranas pintadas en Colombia.
El insecto palo de la isla de Lord Howe en Australia,
conocido
gracias a un solo arbusto en el islote de la Pirámide de Ball,
la formación coralina más aislada del mundo.
Un gigantesco gusano de Palouse,
de tres pies de largo, pálido y sinuoso,
que se pensaba que había muerto
por el simple hecho de que se enterró
a quince pies de profundidad, en donde a nadie jamás
se le ocurrió ir a buscarlo.

Mamá no es selectiva con las criaturas
que fotografía y describe
para revistas científicas y populares,
siempre y cuando sean especies lázaro
que demuestran que los milagros naturales son posibles.

Borneo, Ecuador, Brasil... ¿Por qué nunca
me lleva en sus aventureros viajes de trabajo?

Si soy lo suficientemente mayor para viajar a Cuba solo,
entonces soy lo suficientemente sabio para que confíen en mí
en otras selvas.
¿No es cierto?

No puede agarrarse al brete de la colisión
bicicleta-patineta-teléfono
contra mí
por siempre.
¿Verdad?
¡A lo mejor lo de conocer a Luza y papá
es una especie de prueba!
Si lo es, la pasaré; ya verás. Tendré mucho cuidado.
O tal vez mamá tiene un novio, o es una espía,
o es su versión críptica y se esconde producto
de un terrible
secreto.

La calidez del frío

～ LUZA ～

Mis pasos me llevan a una estatua inusual
que es en realidad un inmenso cubo azul de vidrio
con una apertura del tamaño de una persona en uno de sus lados.

Dentro de todo ese azul, la ciudad entera
parece un cielo refrescante, pero este aire atrapado se me antoja
tan caluroso y sofocante que salgo de inmediato
a explorar la nueva exhibición, una playa artificial
construida en frente a la verdadera.

Lo mejor de todo, en una esquina cercana al dique marino,
un turista rico ha construido
¡una pista de patinaje sobre hielo!

Caluroso y fresco,
un duelo de temperaturas…

Mi alma da un vuelco hacia la poesía, el único modo
de construir una refrescante escultura del cielo
dentro de mi acalorada cabeza.

¡Giros!

EDVER

Abuelo dice que la pista de patinaje es una señal del reciente
deshielo en la hostilidad de la Guerra Fría entre Cuba
y Estados Unidos, pero mi hermana la nombra
lo real maravilloso,
y yo tan solo pienso que es una extrañeza glacial,
como todo lo demás
en mi vida.

Aun así, la tentación es muy difícil de resistir, por tanto,
esperamos
en una larga cola de desconocidos que se turnan
con el préstamo de los patines:
algunos parecen turistas europeos,
pero la mayoría son lugareños que nunca han visto hielo,
excepto
en una nevera o un copo.

Las vueltas me dan suficiente mareo como para caerme,
pero no lo hago, pues un pescador sonriente
nos deja a Luza y a mí sostenernos de un poste
que nos ayuda a equilibrarnos, mientras nos conduce
al borde de la pista, deslizándonos
hacia un sitio seguro.

Divididos

LUZA

La amabilidad de un pescador
evitó que nos fuéramos de bruces…
pero al otro lado de la ancha avenida,
parados en el rompeolas,
hombres muy flacos envían coloridos papalotes
a volar sobre las olas, para que entreguen anzuelos
a los boquiabiertos peces distantes.

En esta tierra de inventar y resolver,
incluso el juguete de un niño puede ser transformado
en una herramienta por alguien que tiene
hambre.

Dos mundos.
Uno para los turistas.
El otro para el resto.

Abuelo me ayuda a enseñarle a mi frío hermano
la enredada combinación, con pintorescas
calles viejas en las que bailadores disfrazados
—que llamamos "gigantes"—
saltan y giran en zancos,
mientras mujeres harapientas
mendigan jabones
y perros muertos de hambre
les siguen los pasos a niños aburridos

que esperan por sus padres,
quienes hacen colas interminables
para poder recoger
el pan del tamaño de un puño
de la ración diaria
por persona.

Cuando no estamos en casa,
abuelo y yo no podemos recibir nuestras raciones,
y no tenemos mucho dinero,
pero no nos íbamos a sentir bien
si tía nos alimentara por más
de un día, así que anuncio
que tengo hambre, tan solo para ver
qué hace mi rico hermano extranjero.

Confusión

~ EDVER ~

No entiendo a las muchachas.
Mi hermana quiere que compre comida,
pero tan pronto ve todo el dinero
que mamá me dio, ruge su ira
tan abruptamente como si alguien hubiera
activado un interruptor.

Todo esto habría sido más fácil si nuestra madre
hubiese comprado un regalo especial solo para Luza,
en lugar de darme esos binoculares
para mí y ponerme en una posición
en que pareciera natural simular
que eran un presente para Luza.

Me estoy cansando de intentar alcanzar
las expectativas.

Si tuviera mi teléfono, sería tan fácil
convertirme en un dragón
y escapar.

Riqueza

LUZA

Cuando la mitad de una familia es rica
y la otra mitad es pobre,
¿cómo van a sentirse unidas
jamás ambas partes?

Mi hermano dice que en Miami
él es apenas promedio, sin nada
excepto un teléfono y una patineta,
una tabla de surfear, juegos, ropas, comida,
una computadora y muchísima
televisión.

Eso es todo cuanto ha tenido, me explica,
con un suspiro profundo que lo hace sonar
desamparado.

Supongo que me puedo imaginar el resto.
Sin papá, sin abuelo, sin selva.
Es difícil de creer, ¡pero jura
que me envidia!

Sobrevivientes

~ EDVER ~

Yo sobreviví la emigración —el acto de salir de un país—
y la inmigración —el acto de entrar a otro lugar—,
pero Luza sobrevivió
haberse quedado.

Somos iguales, en ese sentido:
nuestras decisiones fueron tomadas por adultos
hace mucho tiempo.

Para evitar romper en llanto frente
a mi dura hermana, pienso en los sesenta millones de
bisontes
matados en USA en la década de 1870, y cómo un solo
hombre, un indio *kalispel* llamado Coyote que Camina,
marcó la diferencia al juntar
a trece sobrevivientes
para comenzar su propia manada.

Fue un superhéroe de la vida silvestre
mucho antes de que salvar animales en peligro de extinción
fuese popular, y ahora hay bastantes bisontes otra vez,
pero solo porque una persona
fue lo suficientemente inteligente como para planificar.

Es lo mismo con los cóndores de California,
extintos en estado salvaje en 1987
y traídos de vuelta a la vida

por superhéroes del zoológico que cruzaron y mimaron
a los últimos veintisiete en cautiverio,
al punto de que les enseñaron
a no hurgar en la basura para no tragar veneno.

A veces me pongo a mirar a pichones de cóndor
en sus nidos en la naturaleza, espiados con cámaras web
que hacen que cualquiera se sienta como un científico.
¿Es acaso eso lo que hace mamá
en sus viajes: poner esas cámaras en posición
y después sentarse a mirar?

¿Por qué no me presta tanta atención a mí
como a los pájaros y los insectos? Como esos últimos
dos inmensos insectos palo de la isla de Lord Howe
que la tenían
tan fascinada, cuando eran fecundados en el zoológico
y que pronto explotaron
en una población de once mil huevos
que dieron setecientos
sobrevivientes.

Ahora habrá que proteger a los insectos
de las ratas, si es que alguna vez son regresados
a la naturaleza, en la más pequeña isla del mundo,
donde fueron hallados bajo un solitario arbusto
en la cima del único peñasco.

Esas ratas vinieron por barco
y se comieron a los insectos porque eran
grandes y tan crujientes como langostas.

Así es como me siento a veces,
enorme y fuerte porque soy un muchacho de once años,
pero también débil y vulnerable
porque
soy yo.

Extrañeza

LUZA

Siempre que cambiamos al inglés, mi hermano
usa palabras como *extraño*, *estrambótico*, *espeluznante*,
inquietante.

Quiero pensar que es solo hermoso realismo mágico,
el modo
en que nuestra madre
tomó a uno de nosotros
y dejó
a la otra.

Pero no puedo.
Sé que no es lo real maravilloso,
sino crueldad, egoísmo o extrañeza
ilógica: algunas variaciones sobre el tema
de la subsistencia
para ella misma.

¡Figúrate tú!
Edver dice que lo deja con niñeras
de una agencia, a veces hasta semanas o incluso
todo un mes entero, con desconocidas,
diferentes mujeres inmigrantes
de Haití, Rumanía o Corea,
gente a la que Edver nunca tiene que simular
que entiende.

Así que quizá yo soy la afortunada después de todo,
aunque cuando pienso en lo que sería
crecer junto a una madre,
todavía no puedo evitar preguntarme
cómo habría sonado su voz si me cantara
una canción de cuna.

El apagón

EDVER

Mi primer apagón cubano.
Los he oído mentar desde siempre.
Se fue la luz.
Nada de electricidad.

Calles oscuras.
Voces en lugar de caras.
Los sonidos de la gente que camina
junto al espeluznante ruido de cascos
de los vehículos tirados por caballos
en la medianoche.

Solo algunas luces de focos delanteros.
Carros viejos que se caen en pedazos, como si esperaran
mejores carreteras, con señalizaciones y luces
en lugar de platanales
y aguacates.

Luza saca un sillón a la acera
bajo un toldo de hojas crujientes y usa
sus nuevos binoculares para mirar hacia arriba
a una llamarada
de estrellas centelleantes.
Incendio en el cielo, abrigadas
como misterios hechos de energía.

Al mirar las estrellas, se pone a contar historias
que inventa sobre la marcha,
primero sobre luciérnagas gigantes
y perros incandescentes
y luego convierte a cada criatura rara
en un poema o una canción.

Así que esto es lo que siente uno
—me doy cuenta— al ser joven
y anciano a la vez, sentirse prehistórico,
en cierto modo como un cavernícola con estilo,
pero también
sudoroso, exhausto y con miedo,
aquí mismo en mi vida real.

Viaje en el tiempo.
Viaje en el espacio.
Viaje en la familia.
Todos parecen igualmente extraños: tan solo ese pequeño vuelo
a través de unas cuantas docenas de millas
de océanos que separan
mi mundo del mundo de mi hermana.

Canta, canta, canta

~ LUZA ~

Mi voz no es nada del otro mundo,
pero las melodías y los ritmos me ayudan
a desvanecerme de la cruda realidad
en una serenata
de sueños…

Pregunta, pregunta, pregunta

~ EDVER ~

Cada canción me conduce a una fantasía
de un desastre familiar.

¿El ciclista a quien le di el golpe estará bien?
Porque las ideas y los sentimientos de ninguna otra persona
nunca me han parecido tan reales hasta esta noche,
cuando de repente
no tengo otra cosa que escuchar
sino voces.

Viaje de la mente.
Si tan solo pudiera idear un modo de visitar a mamá
y preguntarle por qué es una cobarde,
absolutamente inteligente y audaz excepto para dar la cara,
pero incapaz de dar la cara
a su abandono de Luza. Y ahora me ha enviado aquí,
pero se quedó allá,
en Miami, para defenderme de abogados
y demandas legales, mientras evita la única
verdad familiar que en realidad nos importa
a mí y a mi hermana
inesperada.

En camino

LUZA

En la mañana, bebemos café fuerte,
le damos un abrazo a tía y partimos sin boletos,
pues todos los trenes y las guaguas
están tan llenos que tendríamos que esperar
toda una semana.

Así que pedimos botella, como es costumbre,
en una carretera atestada de gente
cuyas caras están exhaustas, sus maletas,
cajas, cestas y bultos amontonados
en meticulosas filas de paciencia.

¿Acaso existen lugares en donde realmente cada familia
tiene un carro y la gasolina abunda
y nadie nunca tiene que hacer cola
y esperar, esperar, esperar,
mientras transpira?

Imagino que, si viviera en una tierra así,
mi arte sería fotografías de la vida real
vistas bajo un microscopio
o a través de la magia
de binoculares y telescopios,
en lugar de mosaicos
armados
de montones de basura.

Viajero del tiempo

~ EDVER ~

No puedo creer que estemos pidiendo botella
como los *hippies* en las películas de antaño.

Un Lada ruso con forma de caja,
luego un elegante Chevrolet de 1957,
Volkswagens tirados por caballos,
camiones de granja,
tantos vehículos
que se turnan
en llevarnos,
transportarnos,
acercarme
cada vez más
y más
al encuentro con papá...

¿Y si no le importo?
Ni siquiera vino al aeropuerto.
Quizá se alegró de que mamá me llevara
cuando era un bebé: ¿y si ni siquiera
pelearon al separarse?

Papá probablemente escogió a Luza
porque sabía que yo sería un problema,
la clase de niño que choca con desconocidos
mientras monta patineta.

Pensar en todo este asco
sobre una carreta de bueyes
me hace sentir como un fósil zombi,
una de esas raras curiosidades científicas
que se erosiona de su propia
capa de piedra y aparece
en otra parte, para que los paleontólogos
encuentren huesos de dinosaurios junto
a los de los mamuts y los cavernícolas
y esto cree la ilusión de una cercanía en el tiempo,
pero en verdad están fuera de lugar,
engañosos y mezclados.

Los fósiles zombis no pertenecen
al sitio donde los encuentras.
Es lo mismo conmigo.

Llamaría a casa y exigiría un rápido pasaje de regreso
a mi mundo real, si tan solo tuviera un teléfono
y una señal.

Desconocidos

~ LUZA ~

No tengo miedo de los choferes que nos recogen.
Algunos son turistas extranjeros en carros alquilados,
los otros son cubanos comunes y corrientes
a quienes les hace falta ayuda para pagar la gasolina.

Muchos de los campos de caña que pasamos
están infestados de marabú,
pues el combustible para los tractores
es tan escaso que trabajar la tierra no es práctico
a no ser que tengas mulas o bueyes.

Pero no todo es fealdad y desesperanza…
Cuando pasamos los empinados mangales
veo una migración de magníficas
mariposas tigre
con rayas negras y amarillas
que se arremolinan en el aire,
¡como si fuesen ensueños!

Quizá, después de todo, la ciencia no es tan aburrida.
Si mis esculturas nunca son expuestas, podría ser
entomóloga como papá y estudiaría a las orugas
con su asombrosa habilidad
para crecer y cambiar.

Me pregunto si las mariposas se reconocen a sí mismas
mientras están envueltas

dentro de sus capullos inertes,
a la espera,
a la espera,
a la espera,
como quien pide botella
en una carretera solitaria.

Coevolución

~ EDVER ~

Mamá me enseñó que cuando una flor estrecha
evoluciona a una forma más y más larga,
el pico de los colibríes
también cambia gradualmente.

Lo único que hace falta
son unos cuantos millones de años.
Así que ahora, mientras damos tumbos
en esta carreta de caballos,
me imagino señales invisibles de un satélite transmitidas
desde el espacio exterior, inútiles en este sitio aislado
donde la gente todavía depende de las voces
de los demás
para el entretenimiento.

¿Podré adaptarme alguna vez a estos límites electrónicos?
Creo que lo único que me haría falta es el resto de mi vida
para aprender a sobrevivir en un silencio
sin teléfonos,
como mi hermana.

Colinas tranquilas

~ LUZA ~

Anochece
al ruido de los cascos
de las pezuñas de los caballos.

Destellos rítmicos
de las luciérnagas
bailadoras.

A la vuelta de cada curva,
la luna creciente.

Los largos cuentos folclóricos de abuelo, sus historias
de perros que brillan en la oscuridad y caballos mágicos…

Los dedos de mi hermano se retuercen como si añoraran
enviar mensajes telefónicos a su hogar real.

¿En qué pensaba mamá
cuando se le ocurrió forzar a un americano
a pasar tiempo con los cubanos, a compartir
nuestro tranquilo aislamiento?

Fantasmagórico

~ EDVER ~

El teléfono ausente parece
una extremidad fantasma
luego de la amputación
durante un desastre.

Sin calmantes.
Sin antibióticos.
Tan solo deseos.

El tiempo
es tanto más lento
aquí.

Así que me inclino ante la brisa nocturna
e inhalo los minutos, las horas,
los años luz…

Enjaulada

~ LUZA ~

Al amanecer, los tres hablamos
de evolución convergente.

Los ojos de los pulpos y de los humanos,
que se desarrollaron por separado y aun así, con el tiempo,
se hicieron similares.

¿Es así como Edver y yo terminamos
tan parecidos
y a la vez tan completamente diferentes?

Cuando por fin llegamos a un pueblo al pie
de nuestra montaña, todos los mercados mañaneros
ya están con el ajetreo de mujeres hambrientas
que intentan vender a los turistas encajes hechos a mano,
músicos que tocan canciones a cambio
de jabón, pregoneros que anuncian helado
y un cazador furtivo que ofrece una exótica cotorra
atrapada dentro
de una jaula diminuta.

Compartir

~ EDVER ~

Los ojos de la cotorra
me persiguen.

Me saco unos billetes del bolsillo
y compro el brillante pájaro verde
con la intención de dejarlo en libertad tan pronto lleguemos
a los límites del pueblo, pero cuando muestro
todo ese dinero americano,
sé
que he olvidado mis instrucciones.
¡Nunca
presumas!

Así que gasto un montón más en buena comida,
café fuerte; la mitad la compro
en un lujoso restaurante para turistas
y el resto a un vendedor callejero
que vende lascas de piña
y barras de guayaba fresca.

Compro tanto que hay lo suficiente para compartir
con todos los autoestopistas
en nuestra recta final en la parte trasera de un destartalado
viejo camión ruso de guerra, un todoterreno
que ruge y retumba con fuerza,
como una bestia peligrosa
de un cuento escalofriante.

Desde mi regazo,
la cotorra enjaulada
mira al cielo y luego me mira a mí,
como si se preguntara
cómo fue a parar
al mismo mundo triste
y egoísta
de los humanos.

La subida

LUZA

Damos tumbos y retumbos
en la subida a la montaña,
serpenteamos a través del polvo,
de nuestra selva tan seca
en este febril día
durante una estación de lluvia
en la que nunca escampa.

Sequía.
Cambio climático.
Pesar.
No, no puedo soportar esta clase de pensamientos,
al menos no constantemente,
así que por ahora me concentro
en la belleza circundante, helechos del tamaño de árboles
con su verdor plumoso, cafetales,
selva de sombras y, por algún motivo, la subsistencia
de los saltos de agua.

Incluso en el pueblo en el que voy a la escuela,
todo hoy luce
tan hermoso.

Exótico

~ EDVER ~

Nunca he tenido una mascota.
Mamá viaja demasiado.

Así que cuando decido abrir la puerta
de la jaula, siento una punzada de envidia.

Mi hermana probablemente ha sido dueña
de cada clase de animal que la mayoría de los niños
logra tener: perros, gatos, pájaros, peces…

Esta cotorra es brillante, colorida:
una frente blanca, mejillas de rubí, cuerpo esmeralda,
alas de azul rey, ojos inteligentes.

Abuelo dice que es una amazona cubana,
una especie endémica,
con lo que quiere decir que no se encuentra
en ningún otro lugar en la Tierra, tan solo aquí, aquí mismo,
en esta isla, en esta selva, el sitio al que Luza
llama "nuestro bosque", como si fuera una suerte
de herencia familiar,
un tesoro.

¡En casa!

~ LUZA ~

Después de que la cotorra cautiva
se eleva por los aires y se une
a sus parientes salvajes, todos los demás autoestopistas
se bajan en diferentes cafetales, pero nosotros
seguimos, con el chofer del camión contento
de aceptar el dinero
foráneo de mi hermano
en pago
por llegar
al más alto hogar
en la montaña.

Ni tenemos que dar una caminata.
Nos deja justo frente a la descascarada
puerta azul.

El caballo y el poni de papá están aquí,
así que nadie está de patrulla hoy.

Espero que ningún cazador furtivo se aproveche
y vuelva a atrapar una vez más
a la cotorra liberada.

¿En casa?

EDVER

La casa es del tamaño de una cabaña,
con paredes de un amarillo limón,
un techo de tejas rojas y una desteñida puerta azul
que pide una mano de pintura.

Hay árboles floridos por todas partes,
rojos, rosados, dorados, blancos y púrpura.
¿En verdad nací aquí?

Un caballo, un poni, gallinas, un perro salchicha
y extraños animales ratonescos que reconozco
de las fotos de mamá: las jutías,
parientes de las liebres silbadoras
y las marmotas, pero endémicas de Cuba, al igual
que la cotorra.
Únicas.
Que no pueden hallarse en ningún otro lugar
en la Tierra.
Como si este bosque fuese su propio
mundo escondido.
Críptico.

El saludo

~ LUZA ~

Jutía, nuestro flacucho perro, corre a saludar a abuelo.
Rocinante, el caballo blanco de papá, relincha.
Platero, mi poni plateado, sigue pastando.
Es perezoso, como las jutías salvajes
que se estiran, medio dormidas, en las ramas,
a disfrutar de los rayos del sol que las alcanzan
entre los parches de sombra que proyectan los flamboyanes
y los arbustos de cacao, con esas vainas grandes
que contienen los granos amargos
que pronto podré endulzar
para hacer chocolate.

Nuestra huerta está colmada
con la cena de esta noche, coloridos racimos
de tomates, pepinos y melones,
todos a la espera de que los recoja
y haga una refrescante
y jugosa ensalada.

Cuando papá sale de la casa,
corro a abrazarlo, pero bien pronto me suelta
y envuelve sus brazos
alrededor de Edver.

Adentro, saludo a la ranita
que siempre canta desde nuestra bañadera

y al lagarto verde limón y turquesa
que se encarama en la pared encima de mi cama
y saca su pañuelo magenta.

Si la rana y el lagarto me recuerdan,
no muestran mayor dicha que Jutía,
un perro de un solo amo
que solo quiere
a abuelo.

Conocer a papá

~ EDVER ~

Es alto, con el pelo negro y rizo como el mío.
Esperaba a alguien más viejo, pero luce
con la suficiente energía como para ser mi hermano mayor.

¿Cómo le hablo?
¿Inglés, español, *Spanglish*
o simplemente con palabras con onda científica,
todos esos géneros en latín y los nombres de las especies
con los que mamá espolvorea casi todas
sus oraciones?

Intenta abrazarme,
pero arranco el microscopio
de mi mochila
y le lleno las manos
con su dureza para que no pueda
simular que me quiere
luego de todos estos años
separados.

Echar humo

~ LUZA ~

Mi hermano maleducado llama a mamá
desde el viejo teléfono en la pared,
el único aparato de comunicación
en nuestra casa.

Es el único teléfono que jamás haya conocido,
el mismo que nunca he usado para intentar
contactar a mi madre,
incluso cuando una vez me escribió
una carta en la que me ofrecía su número.

¿Y por qué tendríamos que incluirla
en esta incómoda
reunioncita familiar
cuando fue ella
quien escogió
no estar aquí?

Debe haber pedido hablar conmigo,
pues Edver intenta darme el teléfono,
pero no, no, no, no lo haré, aunque ella sea todo
en cuanto pienso en mis días más plomizos,
en esas mañanas en la escuela cuando estoy aburrida
y no puedo dejar de soñar despierta
acerca de lo cruel que fue
cuando tomó

al bebé Edver
y puso pies
en polvorosa.

¿Qué bien me podría hacer hablar con ella hoy,
acercar su voz, cuando su corazón
permanece distante?

Me siento como uno de esos dragones
en el extraño videojuego
del que mi hermano desvaría constantemente,
con bestias que escupen un humo tóxico
mucho después
de que se extinguen
las llamas
de la ira.

Abuelo siempre ha descrito a mamá como una persona
extremadamente impredecible,
la mente brillante que se mueve
como una tormenta en el viento, con ideas propias, ideas
que trata como a sus hijos, mientras que trata
a sus hijos reales
como si fuesen ideas pasajeras
capaces de cuidarse por sí mismas
o de simplemente desvanecerse,
estériles.

Ahora, Edver ha añadido una nueva manera de resolver
el misterio de nuestra madre inusual.

Dice que está obsesionada con la creatividad
y explica que los genios
por lo general se olvidan de prestar atención
a la gente que los rodea.

Si tan solo pudiera ser
la hija de una avispada
innovadora
que también tiene
un corazón.

A la mañana siguiente

~ EDVER ~

Mosaicos.
Máscaras.
Estatuas.
Pedruscos pintados.
Gente hecha de guijarros con plásticos
ojos de desperdicios.

El rastro de las esculturas de mi triste hermana:
el primer sitio que exploro por mi cuenta.
Me he imaginado esta selva toda la vida.
Ramas que se elevan,
enredadas con el cielo.

Mis zapatos dejan marcas zigzagueantes
en el fango fresco,
la suavidad del rocío
de las húmedas nubes de anoche
casi tan mojada como la lluvia real.

Tierra musgosa, caracoles,
el centelleante, oscuro brillo del ojo
de una brillante oropéndola anaranjada y las cotorras,
¡tantas cotorras verdes repiqueteando sin control
desde las pencas frondosas
de una imponente
palmera!

Quizá el pájaro
al que di la libertad
esté allá arriba ahora mismo
dándome las gracias.

El mosaico familiar

~ LUZA ~

Que se haya ido solo por ahí es un insulto.

Si pisotea mis estatuas, le daré una patada.

¡Nunca antes había imaginado tanta furia!

Mal genio y envidia.
Envidia y mal genio.

Como la gallina y sus huevos,
¿qué viene primero?

Puedo ser tan maleducada como mi hermano extranjero,
¿pero eso qué va a resolver?

Soy tan solo una esquirla de vidrio roto
en este afilado, reluciente mundo
de hermanos
separados.

Advertencias

~ EDVER ~

Mamá me aseguró que casi no hay ningún
animal grande y espeluznante en esta jungla; solo pájaros,
murciélagos,
iguanas, ranas, boas constrictoras
y esas adorables y pequeñas jutías.
Y se pronuncia *ju-TÍ-as*,
no *hu-TÍ-as*,
como dijo Luza
cuando se burló de mí
por saber más de inglés
que de cubanía.

Mamá me advirtió de lo pequeñas que son
las criaturas de esta selva pues pensó
que me iba a decepcionar si no veía
monos, tapires y perezosos,
todas las especies tropicales que encuentras
en los libros sobre bosques pluviales.

¡Se equivocó!
Me alegra que no haya víboras venenosas
o jaguares hambrientos, pues solo soy valiente
en la pantalla del teléfono, no a la intemperie, en donde
al intentar aprender a surfear en la Florida
me puse tan nervioso por los tiburones
que casi no pude disfrutar

el vaivén de las olas
o los destellos
del sol.

Es lo único que puedo hacer ahora para mantener la calma
mientras estoy rodeado
de mosquitos portadores de enfermedades,
y hormigas: montones de hormigas, enormes,
en hileras interminables
que desfilan tan ocupadas como un ejército,
cada cual con una tajada fina
de una hoja que luce como un cuchillo verde.

En lugar de decirme que no habría ningún
depredador escalofriante en este bosque, mamá debió
advertirme que sería vigilado por mi iracunda hermana,
una osa cavernícola que me mira con furia e insistencia con
sus ojos de trasgo.

Por lo general, a mí me gusta ser el dragón en el juego,
pero si tuviera mi teléfono ahora, escogería
una espada y me convertiría en un caballero armado,
completamente humano, el más peligroso
animal
en la Tierra.

No hay arma más temible
que la desconfianza
de otra persona.

Sin advertencias

LUZA

No sabía qué esperar,
pues papá y abuelo no han visto a Edver
desde que era un bebé.

En la cocina después del desayuno, mi hermano
viene como si nunca se hubiera ido, luego se luce
con su conocimiento de los botones y lentes del microscopio
mientras yo lavo los platos y hago que mi mente vuele
en el tiempo al momento en que abuelo
me llevó a visitar a una prima adolescente
que trabaja en un criadero de cocodrilos
en los pantanos de la costa.

Su trabajo es pintar salpicones de barro amarillento
en las mejillas de turistas que llegan en botes
a ver estatuas de los taínos, los indios que progresaron
en Cuba hace mucho tiempo y que todavía están
completamente vivos
en el ADN de nuestra familia.

Me imagino esas espirales que giran,
las dos cadenas de nucleótidos
que los genetistas encuentran al venir a nuestra selva
a estudiarnos y explicar que descendemos
de sobrevivientes, nuestra sangre, nuestra saliva
y nuestros huesos,

todos llenos de pistas que muestran
cuánto tiempo hemos estado aquí.

Cinco, diez, quizá incluso treinta mil años.
Somos una familia lázaro, nuestros ancestros clasificados
como extintos
por cada libro de historia
en la Tierra,
hasta que los estudios de ADN
demostraron que los taínos
todavía existen.

Así que ahora el trabajo de mi prima es pararse en un caney
—una casa comunal hecha de las pencas de la palma—
en una porción
de tierra rodeada de agua y pintarles
las caras a los extranjeros que van ahí a ver
las maravillosas estatuas que dejara
un artista.

Esculturas de gente con nombres.
Individuos, no solo una tribu.
Yaima, una niñita, Abey, la cazadora de cocodrilos,
Cojimo, con su perro sin pelo que persigue jutías,
Tairona, cazadora de patos, y Guamo, el músico
que toca un caracol reina,
Yarúa y Marién,
dos niños que patean una pelota,
y Alaina la tejedora.

Su mamá, Yuluri, hilandera de algodón silvestre,
Colay, un hombre que planta yuca,
Bajuala, el niño que les habla a los guacamayos,
Yabu, un cosechador de maíz, Guacoa, un hombre que
enciende fuegos,
Arima, una niña que esculpe el barro, y Guajuma,
la mujer que decora la cerámica.

De todas las estatuas, mi favorita es Dayamí,
la muchacha que sueña.

¿Acaso Dayamí alguna vez pensó en su futuro,
imaginó a sus descendientes y me vio a mí?

Siempre pensé que conocer a mi hermano
me conduciría hacia mamá, pero ahora veo
que incluso si tuviese un modo de llegar a Miami,
igual estaría sola de alguna manera, pues ahora
cuando sueño despierta,
ya no sé a dónde mirar:
al futuro o al pasado,
a la orilla extranjera
que adoptó mamá
o a mi hogar,
esta selva.

La tregua

~ EDVER ~

Abuelo y papá nos sientan y hacen
que hablemos.

La discusión comienza con confesiones
de mal genio,
de envidia
y luego pasa
a un confuso duelo de visiones
de nuestro futuro: un hogar o dos para mí,
pero sin opciones para mi hermana,
pues lo único que le toca
es aquello con lo que nació y nadie
excepto nuestra madre jamás podría pagar
para enviar a Luza
a un viaje allende los mares.

Para el final de la hora, abuelo recita poesía,
Luza responde con sus propios versos, papá canta
y yo vuelvo al reconfortante microscopio,
decidido a averiguar cuántas
facetas de diamante puedo encontrar
en el complejo, maravilloso
y caleidoscópico ojo
de una mosca.

A lo mejor, el arte raro y complicado de mi hermana
no es tan malo después de todo.

Creo que comienzo a entender su fascinación
con el realismo mágico.

Aquí en Cuba, todo parece mezclado,
el tiempo gira en círculos, el pasado todavía vive
dentro de la mente
de cada cual…

No en balde mamá llora cuando escribe
en su computadora y esconde la cara al dejar
que su pelo largo se interponga como una cortina
al final de una obra de teatro
llena de felices actores
sonrientes.
A lo mejor detesta
ser un genio
solitario.

Quehaceres

~ LUZA ~

Hacer jardinería, cocinar, moler el café,
cepillar a los caballos, recoger los huevos de las gallinas,
esperar en la cola de la comida racionada
abajo en el pueblo…

Edver admite que nunca ha hecho nada más allá
de limpiar su propio cuarto, tender la cama
y simular que escucha cuando los maestros
le dicen que tiene que hacer la tarea.

De algún modo, termina con las notas perfectas,
mientras que yo estudio y estudio y nunca domino
todos los conceptos de la historia revolucionaria,
por lo que solo sobresalgo en las artes
y en la subvalorada destreza
de imaginar.

Competencias

~ EDVER ~

Sin teléfono móvil.
Sin juegos prefabricados.
Las noches son un tramo interminable
de culebrones venezolanos.

Cuando nos cansamos de ver a los adultos
enamorarse y decepcionarse, mi hermana y yo comenzamos
a inventar nuevas maneras de derrotarnos mutuamente.

Luza es la mejor actriz cuando se trata de imitar
a un ogro, pero yo he sido un dragón por tanto tiempo
que he perfeccionado la ilusión
de las llamaradas peligrosas.

Así que declaramos un empate.
Igualdad.
De mutuo acuerdo.
Paz.

Juegos

~ LUZA ~

Me encantan las telenovelas, pero también me gusta ganar.
A veces nuestros juegos son anticuados.
Edver gana al ajedrez, pero mis manos bajan en picado
como pájaros cuando jugamos al dominó con abuelo.
Mi hermano gana a la baraja,
pero yo sé patear un balón de fútbol
y cuando Edver intenta hacer una patineta improvisada
con un pedazo de madera y las desvencijadas
ruedas de una silla de escritorio,
me equilibro con tanta facilidad
que después admite que se siente torpe
al tratar de aprender a montar el caballo de papá
y mi poni.

Pero no estamos listos para dejar de competir
y comparar y nos retamos a ver quién salta más alto
y más lejos, quién corre más rápido
y grita más fuerte.

¿Ya somos amigos?
Quizá.
Casi.

Verdad o consequencia

EDVER

La cosa que compartimos muy bien
es la aventura, así que nos escabullimos
en la noche para mirar
los ojos de las lechuzas y subir a gatas
las cuestas durante el día
para chapotear en las piscinas rocosas bajo los saltos de agua.

Nos turnamos en la colecta de insectos
para mirar bajo el microscopio.
Mi premio es una polilla de halcón que luce
exactamente igual a un colibrí y el de Luza
es una chicharra con ojos del color
de los tomates.

Pero cuando jugamos a verdad o consequencia,
no soy lo suficientemente valiente para revelar secretos,
así que me quedo con todos los premios imaginarios
por proezas estúpidas, como saltar
del peñasco a la cascada.

Es un poco cómico que mi coraje comience
con la cobardía.

El merodeo

~ LUZA ~

Cada vez que reto a mi hermano a que llame a nuestra madre
desde el teléfono de la pared, merodeo y escucho,
pero ella nunca está,
siempre de viaje en tierras distantes,
su contestadora es una larga lista
de destinaciones dichas en inglés.

"Hola, estoy haciendo trabajo de campo en Fiyi,
nos hablamos
a mi regreso.
Epa, estoy en un volcán en Japón, nos vemos pronto,
Edvercito.
¡Vaya! Este es mi primer viaje a la Argentina.
Espero que la estés pasando bien con la familia.
Hola. Dile a tu hermana que lo siento por todo
y que le prometo que hablaremos, ah, y recuérdale a Yoel
que tengo grandes noticias para la selva:
que todo lo que tiene que hacer
es llenar esos formularios, que ya le deben haber llegado.
Los envié con un mensajero.
Dale un abrazo a abuelito y un beso a Jutía,
si es que ese cómico perro salchicha aún vive.
Por cierto, después de un largo lleva-y-trae
entre abogados, el ciclista decidió
no poner una demanda legal después de todo,
siempre que yo pague

todas las facturas del hospital, así que, hijo, saliste bien
esta vez, pero pudo haber presentado cargos contra ti.
Habrías sido el niño menos violento
en un penitencial juvenil: en otras palabras,
el más aporreado. (Eso quiere decir
al que le dan más palizas,
¡en caso de que no hayas estudiado
todas esas palabras de vocabulario
que te puse en la mochila!)".

Tanto sobre Edver, pero NADA sobre mí.
Ni un mensaje real para mis oídos,
tan solo esa mentira rápida de lo mucho que lo siente
y la débil promesa de que hablaremos.

Si pudiera volver atrás en el tiempo, tendría dos añitos
y estaría buscando en la selva otra vez, intentando encontrar
a mi madre, que me había acabado de abandonar,
llevándose a mi hermano...

Esta vez la localizaría, luego levantaría el brazo
y la aporrearía con mis puños
diminutos.

Formularios?

~ EDVER ~

¿Qué quiere decir mamá?
Papá no me explica.
Solo sonríe y se encoge de hombros,
como si compartiesen un secreto.

¿Es por esto que ella lo abandonó,
porque es tan silente,
el cubano más tranquilo
que jamás haya vivido?

"Llenar esos formularios".
¡Eso podría ser cualquier cosa!
Adopción, custodia, padres de crianza,
¿o quién sabe qué otra forma
de tortura familiar?

Por suerte, papá se siente tan mal dejándome
con la duda
que decide pasar mucho tiempo conmigo
ocupados en otras cosas.

Mis momentos favoritos son
los que están llenos de acción, en lugar de palabras.

Caminamos por la selva, estudiamos insectos,
hojas y semillas de todo tipo, incluso miramos

dentro de los huecos en la madera
para encontrar larvas y gusanos
que puedan ser
identificados.

El baile de los viejitos

~ LUZA ~

Cuando papá regresa a su trabajo solitario
y Edver vuelve a sentirse excluido, nuestra confusión
compartida
nos pone cascarrabias.

Tenemos que escapar de nuestros pensamientos,
así que abuelo nos lleva al pueblo,
los tres montados en Rocinante,
mientras que papá sale en su patrulla de rutina
a lomo del pequeño Platero.

En el pueblo comemos sorprendentemente bien,
si consideras
la escasez general de comida,
pues lo único que tenemos que hacer
es pasar un rato dentro del Club de los Abuelos,
un centro para ancianos donde unas señoras canosas
nos dan de comer
lo que tienen: arroz de la ración, hortalizas,
frutas silvestres y dulces, toda suerte de golosinas
hechas en casa, con azúcar,
chocolate, especias y café.

Luego, bailamos.
Abuelo es quien me invita a protagonizar
el baile de los viejitos.

Así que giro y salto con un bastón,
simulo que me bamboleo,
pierdo el equilibrio, casi me caigo, me tambaleo débilmente,
me muevo como si me doliera la espalda,
como si mis huesos crujieran,
como si mi mente titubeara y aun así,
a pesar de todo ese dolor,
me siento
tan eufórica
que los animados pasos de baile
IRRUMPEN
desde mi adolorido cuerpo,
¡mientras una SONRISA de oreja a oreja
no abandona mis radiantemente pintados
labios de anciana!

Qué simpático

~ EDVER ~

El secreto del baile de los viejitos
es hacer que los bailadores jóvenes luzcan viejos,
no todo lo contrario.

Es un tipo de humor bastante raro,
de la clase que le gusta a abuelo, porque en lugar
de tan solo burlarse de sí mismo,
también nos gasta la broma.

Dice que algún día seremos viejos y entonces
entenderemos.

En realidad, no le creo, porque el mundo
parece un caos tal que, si esto fuese un juego,
no esperaría sobrevivir, pero es la vida real,
así que me río alto
cada vez que el bastón de mi hermana
marca el paso con un ruidoso ritmo
¡que combina con el tamaño de sus zapatones
de suela ancha de anciana!

Los muchachos de mi edad

LUZA

Me siento una bailadora fantástica
hasta que llegan otros muchachos,
pero ser consciente de la presencia
de los nietos de las verdaderas ancianas
de repente me cohíbe
con respecto a mi peluca de canas y mi delantal de flores.

Presentar a mi hermano a mis compañeros de clase
es una decisión enorme.

¿Y si los ofende con sus ostentosos zapatos
de niño rico
y sus modales extranjeros?

Pero las muchachas están muy emocionadas
de conocer por fin
¡a un americano que no es un turista!

Hay que explicarle todo a Edver,
especialmente los nombres, porque los isleños
tuvieron que echar a un lado los nombres de los santos
durante los años en que la religión
era ilegal, así que ahora muchos padres
mantienen el hábito de inventar nuevas palabras
en lugar de escoger las anticuadas
que cargan todos los riesgos de la historia.

El nombre Danía es una mezcla de Daniel y María.
Yamily rima con la palabra inglesa *family*,
porque todos sus hermanos se fueron flotando a Miami.
Dayesí —*da*, *yes*, sí— significa "sí, sí, sí"
en ruso, inglés y español.
Es un nombre que nació de la locura
de nunca saber si la pobrecita Cuba
terminaría a la sombra de una enorme
nación foránea mangoneadora
o de la otra.

Soy demasiado tímida para pasar tiempo con los muchachos,
pero a un soñador de ojos negros llamado Yavi
le encanta fastidiarme,
así que me sigue a todas partes
y simula ser amistoso,
cuando en realidad lo único que quiere
es lucirse con sus ropas caras
y sus aparatos modernos, enviados todos
por sus parientes en la Florida.
Su nombre significa que ya vio,
pero nunca dice exactamente qué veía
su mamá cuando juntó dos palabras
y las convirtió en una nueva.

Tan pronto como Yavi conoce a mi hermano, compruebo
que tienen el mismo sentido del humor,
que llena los silencios incómodos
con sonidos de pedos y eructos reales.

Los ojos de Yavi me ponen nerviosa,
así que me alejo de él a toda prisa y le doy a Edver
un *tour* de la bodega de productos racionados,
con sus estanterías
casi vacías, seguido de una tienda para turistas
abarrotada con lujos y un restaurante
al que los extranjeros van a beber
el café dulzón de la montaña y a comer
comidas exóticas que el resto de nosotros
no podemos pagar, a no ser que cultivemos
nosotros mismos los vegetales
y criemos los pollos
y recojamos
las especias silvestres.

¡Conectados!

EDVER

Mirar fijamente a muchachas con nombres raros
me da ganas de echar a correr,
pero Yavi dice que es dueño de una computadora
y que tiene intERnet: global, ¡no solo
el intRAnet local de la isla!

Así que mientras mi hermana intenta enseñarme cosas
que piensa que son interesantes —como la escuela,
un parque, la oficina de correos, una iglesia—,
lo único que puedo hacer
es dar brincos y brincos en mi mente
mientras espero la oportunidad
de cruzar corriendo a la otra acera
a ver a Yavi y sentarme
a enfrentar el resplandor familiar
de las llamas del dragón, rugidos
de bocas hambrientas…

Si hay un satélite digital prohibido,
debe estar muy bien escondido detrás de esos
florecientes flamboyanes y de las jamaicas amarillas
y de las jacarandas púrpura.

Pero la conexión es *dial up*,
taaaaaaaan
LENTA,

¡pero, aun así,
tan increíblemente
satisfactoria!

Ahora estoy aquí, justo en donde pertenezco,
dentro de mi mundo normal, el críptico
que está escondido en lo profundo
de la pantalla de esta computadora.

Nerviosa

LUZA

Nunca he roto una regla tan absoluta.
Todos saben que el intERnet es peligroso,
prohibido, proscrito,
más allá de los límites del público general,
disponible sólo en ciertos lugares
a gente especial.

Sillones, un mantel de encaje,
la bisabuela soñolienta de Yavi, todo parece
tan común y corriente, excepto por el modo
en que mi audaz hermano
teclea con los dedos en un teclado mágico
para hacer que aparezcan criaturas mágicas…

Cuando él y Yavi por fin terminan
su interminable juego de batallas de gruñidos,
me atrevo a hacer la pregunta que no me deja en paz.
Si escribo ciertas palabras, ¿podré ver la foto de mamá
y podré escribirle una carta que le llegue,
quizá incluso recibir una respuesta, escuchar su voz
en papel, imprimirla y sostener un misterio en mi mano
por siempre?

Contraseñas

EDVER

Me las sé todas, porque soy
quien ayudaba a mamá a mantener sus páginas,
álbumes, perfiles y blogs, eso sin mencionar
que pasé muchísimas horas en solitario
espiándola, tratando de ver
a quién conoce,
con quién habla,
con quién flirtea,
incluso con quién
sale.

¿Tipos babosos?
¿Malos hombres?
Pobres diablos.

No me sorprendería.
De lo contrario, ¿por qué mantener su vida privada
en secreto últimamente, escondiendo partes de ella tan bien
que ni yo mismo puedo piratear las cuentas nuevas,
romper códigos complicados y encontrar los rostros
desconocidos de sus amigos?

Cuando veo la cantidad de seguidores que tiene ahora,
sé que ha estado ocupada tecleando en su portátil
mientras se sienta en las playas de Fiyi, los volcanes en Japón
y las pastosas sabanas en Argentina.

Becas, investigación, artículos en revistas de ciencia,
todo eso está aquí en frente de mí, un registro detallado
de sus movimientos e intereses.

Nada en lo absoluto del hijo que envió
a pasar todo un verano fuera de casa o de la hija
a la que abandonó por siempre.

Luza está de pie detrás de mí
y mira por encima de mi hombro. Me pregunto
cómo se siente al ver su ausencia
de la mente *online*
de mamá.

Quizá a la palabra *genio*
le hace falta una nueva definición, algo
que mida montañas de emociones,
no solo pensamientos pequeños
e independientes.

La confabulación

~ LUZA ~

Habitación silente.
Realidad triste.
¿Qué diría mamá
si nos uniéramos
para invitarla
a que nos visite?

¿Verá nuestro pedido
como una oportunidad
o como una queja?

Me hace falta un imán para acercarla,
¡algo que atraiga su curiosidad científica!

Cuando le explico mi idea a Edver, niega con la cabeza
despacito, luego hace una pausa, se encoge de hombros,
sonríe
y dice que es posible, que quizá realmente
podríamos tentarla, pero solo con una emergencia
de la naturaleza.

Nombra cualquier animal, sugiere mi astuto hermano.
Nada grande, añade.
No queremos que vea
que nuestra nueva especie recién descubierta
es una mentira.

¿Un escarabajo joya?
¿Una libélula?
¿Una araña de seda de oro?
¿Una rana arbórea?
¿Un lagarto *anole*?
¿Un alacrán?

Poco a poco, una imagen perdida y encontrada
llega a la deriva
a mi visión, una memoria de mariposas tigre
que vuelan por encima de los mangales
mientras damos una caminata,
una nube tan colorida
de alas rayadas…

Edver se levanta, me dice que me siente,
luego me enseña a escribir PAPILIO NUEVO
con todas las letras en mayúscula, un GRITO
a la ATENCIÓN de nuestra madre.

Papilio: ¡el nombre genérico de los papiliónidos!
Miro por encima de su hombro y veo que Edver sonríe:
da su aprobación, así que tal vez piense
que este truco a lo mejor funciona.

"Ahora, agreguemos una ubicación", me dice.
La selva. En la isla,
pero me advierte
que no mencione a Cuba,

porque eso hace
que el rompecabezas
sea demasiado sencillo.

Hay tantas selvas en el mundo,
tantas islas, ¿cómo sabrá
a qué lugar nos referimos?

No hemos usado nuestros nombres
y ella no reconocerá el correo
electrónico de Yavi.

Pero Edver se nota confiado.
Jura que entiende cómo funciona su mente.
Verá PAPILIO NUEVO y sentirá un impulso, me promete.

Obsesionada, le hará falta averiguar si esto podría ser
una especie lázaro, una de las que estaban extintas
hasta AHORA, este momento
de un redescubrimiento
mágicamente real.

Ni modo

~ EDVER ~

Es perfecto.
Un secreto.
Aquí mismo en esta Red Mundial de Redes
de palabras, donde nada nunca es verdaderamente
privado.

Mamá sabrá a qué isla nos referimos, ¿no es cierto?
Si cualquier otra persona lo ve, se confundirá, ¿verdad?

Mi hermana y yo esperamos.
Silencio electrónico.
Sin respuesta.
Parece que mamá no lee su teléfono,
todos esos mensajes, comentarios, entradas,
elogios y cumplidos de sus amigos
y de desconocidos.

Así que debe estar en otra selva
en algún lugar remoto, sin conexión.

No hay muchos países donde el internet
esté todavía restringido,
pero hay bastantes lugares sin modo alguno
de poder establecer contacto.
Demasiado pobres.
Demasiado aislados.

Demasiado pequeños.
Solo bohíos.

Como el silencio enloquecedor de la pantalla continúa,
me voy inquietando y comienzo a merodear por todas sus páginas
hasta que noto su estatus: ¡¡¡EN UNA RELACIÓN!!!
En mayúsculas.
Con tres signos de exclamación.
Madre mía, la cosa va en serio.

Entonces era esto: la explicación de mi viaje sorpresa
a la casa de papá. Mamá me debe haber enviado
sólo para poder estar a solas con un tipo cualquiera.
¿Quién es él y por qué ella no quiere
que lo conozca?
A lo mejor detesta a los niños.
Sí, probablemente fue su idea
deshacerse de mí durante todo el verano
o incluso por más tiempo.

Espeluznante

~ LUZA ~

El novio de mamá es odioso, con la cara distorsionada,
la sonrisa demasiado grande,
como un gigante que se mira en un río
en el que las aguas se convierten en un ondulante
y corriente espejo.

De algún modo me parece que lo he visto antes.
Quizá en un artículo, en una de esas revistas científicas
que papá recibe a veces de regalo de investigadores
viajeros.

Edver explica que las fotos extrañas son resultado
de hacerse un autorretrato demasiado cerca: un *selfie* feo,
engreído, arrogante, presumido,
de quien se cree la última Coca Cola del desierto.

Los distorsionados y saltones ojos de insecto del hombre
parecen admirar a la cámara
en lugar de a su hermosa novia.

Pero ella lo mira intensamente.
¿Por qué?

Nadа

~ EDVER ~

Durante el minuto que gastamos en clavar los ojos
en el novio de mamá,
PAPILIO NUEVO ya ha sido compartido
por científicos en tres continentes.
Así que rápidamente aprieto la tecla de borrar.
Se fue.
Extinta.
No más especies falsas
de hermosas mariposas exóticas.
El mensaje de mi hermana me precipita en el tiempo
a aquel momento hace unos minutos
antes de que nuestras tramposas palabras existieran.
Pero no en verdad, pues ya han sido
compartidas y probablemente imprimidas,
esparciéndose a través del mundo
como el aire contaminado.

Olvida el tango, le digo a Luza,
esto es una pérdida de tiempo;
ella no vendrá. A mamá no le importa.
Estamos por nuestra cuenta;
no hay modo de distraer
a una persona brillante de su estupidez
una vez que ha llenado su imaginación
con tonterías.

Mamá y yo debemos de ser la razón
por la que la gente inventó
la frase
“mente de un solo carril”.

Cada uno de nosotros puede ser lo suficientemente estrecho
para seguir un solo carril, riel o camino
directamente a una colisión
sin notar
el peligro.

Todo

~ LUZA ~

Tan pronto como desaparecen las palabras que escribí,
mi hermano y yo volvemos al modo en que nos sentíamos
con respecto al otro inmediatamente después de conocernos.
Ni amigos ni enemigos, tan solo dos vidas
que nunca podrán estar verdaderamente cerca, por el mar
que las divide.

Somos como insectos, murciélagos y pájaros,
todas especies igualmente aladas,
aunque evolucionaron por separado.

Edver le podía haber dado una oportunidad a mi truco,
pero es egoísta, por tanto, ¿qué otra cosa podría enviar
que tiente a mamá?

Fotos de esculturas: pero no, no tengo una cámara
y, de todos modos, me imagino
que nuestra madre se horrorizaría si viera
todos mis fangosos autorretratos decorados con basura,
una niña desechable, su creación,
no la mía.

La culpa

~ EDVER ~

Luza se va hecha una furia a jugar fútbol
con sus amigos, el balón sale disparado
de su frente
como una bala.

No te preocupes,
dice la bisabuela de Yavi
y se levanta del sillón con un crujido
para seguirme a la intemperie
donde me pone
un collar de cuentas
alrededor del cuello.

Las cuentas son semillas.
Las nombra:
Fortuna.
Flor de amor.
Mal de ojo.

Le doy las gracias y toco cada cuenta
y noto que la fortuna es grande y brillante,
mientras que la flor de amor es pequeña y ligera
con brácteas que se abren como pétalos,
pero el mal de ojo es oscuro y reluciente,
una criatura nocturna
que se arrastra.

No me quiero quedar
con este collar escalofriante,
pero si boto las semillas,
¿acaso no florecerán y crecerán
para convertirse en arraigadas
bendiciones
o maldiciones?

Separados

~ LUZA ~

Dejo que mi hermano encuentre por sí mismo
el trayecto de vuelta a casa
mientras juego fútbol hasta que quedo exhausta,
con toda la rabia quemada y chamuscada
en cenizas de tristeza.

Caminar sola a casa me hace sentir bien,
hasta que el canto de un tocororo
me hace reírme de mí misma, su variedad de
plumas rojas, azules, blancas y verdes
tan alegres que es fácil olvidar
cuán imposible
es para esta especie
vivir en cautiverio.

Si intentas enjaular a un tocororo,
lo único que te va a quedar es una memoria
de unas alas perdidas.

Más tarde

~ EDVER ~

Como estoy encerrado en la misma casa
que mi hermana iracunda,
para evitarla, ayudo a abuelo a identificar insectos,
escarabajos que brillan tan radiantemente como joyas.

Algunos tienen rayas púrpuras y verdes,
otros son de un amarillo pálido y de un verde encendido,
pero mi favorita
es una especie que casi siempre es plateada,
aunque aparece un espécimen dorado esporádicamente.

Quizá el dorado es una mutación
o una rareza
creada por el cambio en el clima.

Imagínate qué estupenda
ventaja evolutiva
tendría ese escarabajo dorado
camuflado en un matorral
de florecientes arbustos amarillos,
protegido de los depredadores
al simular que es
invisible.

Mamá siempre habla de la biodiversidad,
pero yo apenas jamás la escucho
con la atención suficiente como
para pensar en lo que en realidad está diciendo.

Ahora mi mente mezcla
las posibilidades e imagino la variedad,
flora y fauna, humanos también,
tantas variaciones,
un mundo de asombro
que se encoge cada vez que una selva
se desvanece, cada árbol una riqueza
de especies que viven en las ramas,
dentro de la madera, abajo en la hojarasca,
que se escabulle a través de la sombra,
que gluglutea frutas, que traga insectos,
que crece…

El cuarto de abuelo comienza a parecérseme a un museo.
Aquí también hay pájaros disecados, no solo
escarabajos clavados con alfileres.

Hay un pájaro carpintero con pico de marfil
que sólo se extinguió en Cuba
hace treinta años.

Mamá fue una de las últimas personas en verlo vivo,
dando picotazos en la corteza de una palma sobre su cabeza
cuando era pequeña.

¡Este pájaro podría ser una especie lázaro!
Alguien —quizá yo— podría redescubrirlo
¡y convertirse en un famoso superhéroe
de la vida silvestre!

Pero también hay un brillante guacamayo cubano,
extinto desde 1850, y abuelo dice
que es más probable que descubra un dragón vivo
que un pájaro que la gente hambrienta se comía
porque era grande y las mujeres lo desplumaban
porque las plumas brillantes lucían hermosas
cuando eran usadas como decoraciones ondulantes
en sombreros lujosos; un pájaro que perdió su hábitat
cuando los bosques fueron echados abajo
para plantar caña de azúcar.

Eso es todo cuanto hace falta para hacer desaparecer a una
especie.
Tan solo unas cuantas personas comunes y corrientes que
toman una cadena
de decisiones
codiciosas.

Silenciado

~ LUZA ~

El extinto guacamayo cubano era mayormente
un pájaro rojo, con un salpicón bronceado de oro
en la parte trasera del cuello, alas verde-azulosas
y un flequillo púrpura en la cola…

Sí, esa inteligente especie, *Ara tricolor*,
bien podría haber sido la más hermosa ave
y ahora ha desaparecido.
Para siempre.

Las lágrimas de abuelo parecen estrellas
en un cielo sin luna, el brillo
de un inimaginable número de años luz
de distancia.

De patrulla

~ EVDER ~

Nunca volveré a ese cuarto de museo.
De ahora en adelante, quiero estar en la selva
con papá, encima del pequeño Platero
al lado del alto Rocinante.

Incluso sobre un poni, me siento
grande,
fuerte,
¡un aprendiz
de superhéroe
de la vida silvestre!

Cuando regrese a Miami en septiembre,
comenzaré a estudiar en serio, aprenderé todo
lo que pueda, sólo para que me garantice poder ir a la
universidad
y convertirme en un especialista. Una de las -ologías
sería probablemente lo mejor: ornitología para los pájaros,
entomología para los insectos; herpetología: reptiles;
mastozoología: mamíferos; ictiología: peces…
No hay fin a la variedad de animales
que podría rescatar de los cazadores furtivos
y de otros asquerosos perdedores.

Mientras tanto, si alguien de esa calaña
de gente egoísta se asoma por aquí

en la selva de *mi* familia, me voy a asegurar
de estar listo y a la espera, igual que papá
con su arma falsa, solo que pensaré en nuevas maneras
de asustar a los malosos: crearé
un astuto juego, rugiré como un dragón,
¡escupiré una cascada
de llamas!

Nunca es demasiado temprano para comenzar
a trabajar en pos de una meta, así que me lanzo a la tarea
de aprender de papá; lo sigo a todas partes
con muchas preguntas, escribo
las respuestas y estudio todo
cuanto dice, tan solo para demostrar
mi entusiasmo.

A la espera, a la espera, a la espera

~ LUZA ~

Papá parece sentir predilección por Edver,
pero sé que es porque nunca han tenido
la oportunidad de trabajar juntos
en equipo.

Con las palabras *PAPILIO* NUEVO borradas,
no tengo modo de lanzar el anzuelo a mamá,
así que no hay nada más que hacer que resolver,
inventar.

De lo contrario, ella y yo nunca conoceremos
las lágrimas de madre e hija, la risa
o ninguna otra forma común y corriente
de la cooperación.

Por tanto, ¿dónde empiezo?
¿Qué tendría que hacer?

Recuerdo lo mucho que se esforzó abuelo
en enseñarme inglés, aunque él sólo sabía
lo que había aprendido en la universidad
hace mucho tiempo y yo estaba tan aburrida
que apenas le presté atención.
Ahora, su paciencia es exactamente
la clase de perseverancia que necesito,
pero mientras tanto, lo único que hacemos

es mirar nuestra nublada tele,
todos los culebrones que nos traen
olas de dicha y de lágrimas.

Entonces, durante una interrupción para las noticias,
vemos a un poeta de Miami que lee versos milagrosos
mientras la embajada de Estados Unidos
por fin reabre sus puertas
¡al otro lado de nuestro malecón!

Más de medio siglo de ira
entre dos países enemigos
ha sido reemplazado de pronto
por la fluidez de palabras rítmicas.

¿Acaso mamá y yo alguna vez
podamos tener nuestra propia oportunidad
de hablarnos
y hacer las paces?

El entusiasmo

~ EDVER ~

Ir de patrulla con papá y la renovación
de las relaciones diplomáticas
son ambas muy emocionantes,
como también lo es una jutía bebé
que encuentro en la selva,
mi oportunidad de rescatar
no a un pequeño individuo,
sino a toda una especie.

De repente, toda mi vida es un aluvión de deberes:
dar de comer, cepillar, limpiar, hasta que luego
de unas semanas de trabajo arduo,
la simpática criatura es capaz
de sentarse en mi regazo
y comer de una cuchara
con la pinta tan cómica
de un cruce entre un castor
y una caricatura.

Por eso lo nombro Snoopy.
Si abuelo puede tener un perro salchicha
llamado Jutía, entonces yo puedo darle a mi jutía real
¡el nombre de un perro beagle!

Es tan travieso como un monito;
se trepa para abrir la despensa

y vaciar bolsas del valioso arroz racionado,
las bolsas de café y las latas de especias cultivadas en casa
—el azafrán, la nuez moscada, el cilantro— para que la cocina
huela a una mezcla de pastel de calabaza
y curry.

Snoopy me hace soltar una carcajada
al menos cincuenta veces por día, pero también
me hace trabajar tan duro que siento que soy
un empleado fijo del zoológico,
¡muy hábil
y muy útil!

Cuando desyerbo el jardín,
Snoopy va trepado en mi hombro
y cada vez que bajo al pueblo,
está junto a mí, como un hermanito.

¿Es así como se sintió mamá cuando me sacó de aquí?
¿Responsable, constantemente lista para ayudar?
¿Dejó a Luza tan solo porque
era un año mayor que yo y podía correr por ahí
en lugar de aferrarse?

Eso tendría sentido.
Yo podría entender la falta de confianza
de cualquiera
en un bote
pequeño

en un océano
inmenso.

Me alegro de no recordar
el tamaño
de aquellas
olas…

Mi mundo encogido

LUZA

Solía pensar que la vida era enorme,
pero ahora
parece pequeña y aburrida.

Mi corazón es como un zoológico helado,
las últimas células de una especie en peligro de extinción
preservadas con hielo, por si acaso algún día
hay modo de traer tesoros perdidos
de vuelta a la vida.

Con esta rabia, le muestro a mi hermano
un álbum de fotos con imágenes de abuela,
la madre que nuestra madre perdió tan solo el año pasado
sin siquiera haber regresado de visita
al menos una vez
a decir adiós.

Edver la podría haber conocido si nuestros dos países
y nuestra familia dividida fuesen normales.

Rojo, azul, verde, amarillo, púrpura,
todos los colores brillantes
del extinto guacamayo cubano,
así de complicados
son mis pensamientos ahora,
dentro de este congelador privado,
mi mente secreta.

Comunicación

EDVER

Cuando llegan dos sobres de correo de mamá
con coloridas estampillas de Fiyi, siento que me ensancho,
me estrecho y, al final, vuelvo
a una mezcla de sentimientos.

Preguntas nada más:
¿Cómo están tú y abuelo,
tu hermana, Yoel, la selva?

Ni una respuesta.
Ni explicaciones,
tan solo un huracán común y corriente
de esa confusión propulsada
por mamá.

Sin dirección de remitente, sin modo de responder.
Si le pudiera enviar a mi madre complicada
una sencilla carta ahora mismo,
¿qué le diría?

Quizá lo primero que le debería preguntar
es si el ciclista herido está completamente bien,
pero lo único que quiero saber es por qué
mamá y yo no podemos ir y venir
entre dos hogares:
nuestra ciudad
y esta selva.

Pero ¿de qué me serviría? Mi madre nunca
en verdad responde mis preguntas sobre Cuba.
Todavía llama a papá "Yoel", como si quisiera
que piense en él como un desconocido,
tan solo un nombre,
no un pariente mío.

De niño,
las primeras diez mil veces
que le pregunté si yo tenía un padre
apenas se encogió de hombros.
Entonces, cuando fui lo suficientemente grande,
admitió que "se quedó".
Es una frase que todo cubano en Miami
entiende.

Ahora lo único que menciona es cuán complicado
es todo y cómo cuando sea
más grande y más sabio
entenderé.

Pero ella no parece tan sabia que digamos.
Primero abandona a Luza,
luego me deja con niñeras mientras viaja
y ahora ni siquiera puede ofrecer
una explicación sensata
a nada que tenga
importancia.

Por eso, cuando Snoopy comienza a mordisquear
la carta enviada por correo aéreo desde Fiyi, lo dejo
que siga y la destruya por completo.

Luego, mientras Luza lee su carta en silencio,
simulo que no sé qué hace.
Así, los dos podemos actuar como si aún
estuviésemos solos en nuestra confusión compartida.

Intentar comprender a los adultos
es uno de los grandes rompecabezas científicos
de la vida.

Primer contacto

~ LUZA ~

Descripciones.
La gente, las casas, la flora, la fauna
y las playas de Fiyi.

Lo endémico.
Todas las exóticas especies lázaro de las islas.
Aislamiento.
Separación.

Lo siento.
Perdóname.
Por favor.

Me siento como la orilla que absorbe
la primera vista del tsunami
que se avecina.

Sin dirección de remitente, no puedo responder,
pero si pudiese, quizá tan solo enviaría
un sobre vacío.

No sería la primera vez que buscaría
una venganza en el papel.

A lo largo de los años, me he imaginado
enviando la nada por correo

a Miami
una y otra vez,
como una migración
del resentimiento.

Ahora cuando mi hermano me pregunta, le digo que papá
se quedó aquí para proteger a nuestra selva y alejar
a los malvados cazadores furtivos.

Pero Edver me asegura que nuestra mamá se fue
para hacer lo mismo, excepto que ella trata
de proteger la vida silvestre y salvaje de todo el mundo,
no tan solo
de un pequeño refugio de selva.

Separados, nuestros padres son como dos planetas
que orbitan alrededor del sol sin que sus trayectos jamás se
crucen.
Juntos, podrían haber sido
un equipo heróico.

Este enredo de la hermandad

~ EDVER ~

Nuestro compartido laberinto de la desilusión
nos vuelve a acercar.

Acordamos que nos hace falta salir
y resolver
mediante la invención de aventuras.

Así que seguimos el sendero del salto de agua,
consolados
por los brazos estirados de los árboles.

Entonces ocurre la cosa más rara,
el peor tipo de rareza, un evento
tan increíble que tiene que ser cierto
porque todos saben que la vida real
es a veces más extraña que los cuentos de hadas.

La primera señal de un intruso en nuestra selva
es un campamento inteligentemente ocultado,
casi escondido del todo detrás de unos helechos.

El campamento camuflado es espeluznante.
Redes de mariposas, frascos de la muerte, un desconocido.
El desconocido: sí, el mismísimo hombre
de las fotos de mamá, el tipejo con la cara
que luce demasiado grande en sus pésimos *selfies*.

Ahora sus rasgos se han reducido
a su tamaño normal, ¿pero qué pinta aquí
en nuestro mundo de helechos, palmas e higos silvestres,
armado con todo ese sospechoso aparataje
de atrapar insectos?

Snoopy se posa en mi hombro y me hala
la oreja, alegremente desentendido de que echo chispas
de la furia.

"Niños", dice el tipejo, mientras nos llama a Luza y a mí.
"Trabajo", nos conmina con una oferta mientras intenta
darnos las redes junto a unos frascos que apestan
a bolas de alcanfor.

Mi hermana me da un vistazo y luce tan preocupada
que temo que diga algo, pero en su lugar
se da la vuelta y huye, así que bajo a Snoopy
de mi hombro, lo sujeto en un abrazo
y corro, a tropezones,
sin responder
a ninguno de los sorprendidos
gritos
del tipejo.

Qué desastre.

¡Esto es culpa nuestra!
Lo trajimos aquí al intentar
lanzarle el anzuelo a mamá.

Pero ¿y si ella está con él?
¿Acaso no es una posibilidad?
Probablemente se haya quedado detrás
en la tienda de campaña, dormida o demasiado perezosa
para salir a saludarnos…

Sospechosos

~ LUZA ~

Regresamos al día siguiente
tan solo para cerciorarnos de que mamá no está aquí,
lista para la visita.

Pero ella no aparece por ninguna parte,
a pesar de que nos gastamos toda suerte de trucos
sofisticados
y nos turnamos para distraer al coleccionista de insectos
el tiempo suficiente para que cada uno de nosotros
eche un vistazo
en su tienda de campaña a la busca
de ropa, zapatos, huellas de mujer...

El coleccionista no nos dice su nombre,
pero cuando repite la oferta de pagarnos
por especímenes, aceptamos, tan solo para ver
si el seguirle la corriente nos conduce
a más información.

La gesta

~ EDVER ~

Nada tiene sentido.
¿Cómo es posible que un tipo que conoce a mamá
venga a parar a un territorio que papá vigila?
¿Por qué se atrevería a venir aquí
y matar criaturas que son protegidas
por el ex esposo de la científica
con quien sale?

¿O es que se nos escapa algo?
¿Qué otra cosa podría faltar?
Quizá es bastante sencillo.
Tan solo amigos,
¡no una pareja!
¿Es alguien a quien papá conoce?
¿Un coleccionista con autorización?
No, ni puedo comenzar a creer
ninguna de las historias que me invento.
Nada parece verídico.
Si alguna vez seré una científica de verdad,
me van a hacer falta datos.

Peor de lo que me imaginé

~ LUZA ~

Tan pronto como tenemos oportunidad de regresar
a la computadora de Yavi,
la fealdad se vuelve ominosa.

Mi hermano busca y busca
hasta que descubre el más malvado nivel
de la codicia.

El novio de mamá tiene su propia
página de subastas de insectos exóticos.

Encontramos su foto junto a un anuncio
que ofrece "los papilios más únicos del mundo
provenientes de una isla caribeña.
Solicitar detalles.
La puja comienza en $100 000".

Qué repugnante

~ EDVER ~

Todos los demás precios de la subasta
son igualmente grotescos.

Escarabajos hércules, el animal más fuerte
en la Tierra, un escarabajo bombardero que rocía
con una baba apestosa,
la mantis rezadora que hace la mímica
de una orquídea púrpura, otro que luce
como el suave musgo verde y una mariposa de alas de pájaro,
la mariposa de alas de pájaro más grande en el mundo,
de Nueva Guinea,
con una envergadura de tres metros de ancho,
los machos verde-azules
con abdómenes dorados,
las hembras un poco más pequeñas,
de color crema y chocolate
con mechones peludos
en el tórax.

Cuánto me gustaría no saber leer.
Sería un paraíso seguir desentendido
de la catástrofe que creé
con enseñarle a mi hermana
a crear mentiras con un teclado.

Es fácil ver que el tipejo amigo de mamá
es un criminal, pues su foto espectacular

de una mariposa tigre
es de La Viajera, un papilio jamaicano
que a veces deambula
a territorio cubano, apartada
de su ruta por el viento.

Reconozco todos los detalles de las especies
por las lecciones de abuelo en su cuarto de museo.

La Viajera es uno de los insectos que más alto vuela
en la Tierra, casi tan fuerte como un pájaro,
pero definitivamente
no es una novedad
para la ciencia.

Usar esa foto deber ser un modo de tentar
a nuevos coleccionistas inexpertos
con mucho dinero pero sin conocimiento suficiente
como para darse cuenta de que el contrabandista
todavía no ha atrapado a su valiosa presa.

Por eso está aquí.
Para atrapar a nuestro insecto falso
y venderlo por una fortuna.

No sé cómo mamá
entra en su plan,

pero estoy seguro de que ella
no se apuntaría
si lo supiera.

Qué pena que ella sea tan despistada emocionalmente
como para que él la haya engañado.

Ya entiendo

~ LUZA ~

Entonces así es como se siente
una cuando es la arrepentida.

¿Acaso mamá ha deambulado
todos estos años
estremecida por poderosas olas
de remordimiento?

Abuelo y papá me odiarían si supieran
cuán imprudentemente Edver y yo
intentamos evadir a la realidad
al contar una mentira que nos convirtió
en los tontos estafados,
no en los estafadores.

Horrorizados

EDVER

El tipejo ha cambiado las etiquetas
para que luzcan viejas, con fechas que hacen que parezca
que La Viajera fue atrapada antes de 1973,
cuando 175 países aprobaron un tratado
que por sus siglas en inglés llaman CITES:
la Convención sobre el Comercio Internacional
de Especies Amenazadas de Fauna y Flora Silvestres.

Cualquier cosa que haya sido coleccionada
antes de que CITES existiera
puede ser vendida como una antigüedad, una rareza,
no como un crimen.

Mamá dice que si CITES hubiese sido aprobada
un par de siglos antes, todavía podrían existir
lobos marsupiales, leones de Berbería,
vacas marinas de Steller,
cotorras de Carolina, dodos, alcas gigantes
y palomas migratorias.

No sé qué parte del enredo que creamos
me da más miedo: el modo en que Luza y yo publicamos
unas pocas palabras
en un par de minutos y terminamos
invitando a un monstruo a nuestra selva, o el modo
en el que mamá de algún modo se las agenció para dejarse

engatusar
y aceptar a un criminal de novio.

Quizá nadie más en la Tierra sepa exactamente
cuán baboso es este tipo de la subasta: probablemente
mi hermana y yo seamos los únicos testigos
de un crimen en progreso…

¿Vamos a poder atraparlo y entregarlo
a las autoridades y nos convertiremos
en superhéroes de la vida silvestre
en lugar de alborotadores?

¡Nuestras fotos podrían salir en la tele!
Snoopy saludaría desde mi hombro
y todos esos muchachos de la escuela
que me llaman cerebrito
de pronto se darían cuenta de que ser inteligente
nunca hizo daño.

Estrambótico

~ LUZA ~

Durante las horas que pasamos en el debate
de posibles estrategias, ocurren cosas extrañas,
como mismo pasa cada año por esta época,
cuando grandes cangrejos de tierra, anaranjados y negros,
desfilan a través del pueblo con el repiqueteo
de sus ruidosas tenazas mientras migran
de nuestras montañas a la costa,
en donde depositarán sus huevos
en charcas rocosas creadas por las mareas.

Nada puede detener a los cangrejos.
No dan vuelta atrás, ni siquiera cuando las mujeres
los atrapan y amontonan
—mientras dan pisotones y pellizcos—
en cubos y planifican comidas deliciosas
aunque los cangrejos siguen saliéndose
y escapándose.

Los turistas vienen a mirar.
Los sonrientes extranjeros se mueven a toda prisa
y reparten juguetes: lápices para algunos niños,
pelotas de béisbol para otros, camisetas para la mayoría,
pero no para todos.

El resultado es casi una trifulca
de las madres que quieren

todos los regalos para cada niño,
así que muy pronto
los policías en uniformes azules
y los soldados en uniformes verde olivo
tienen que separar las broncas
y todos regresan a casa miserables,
furiosos con los vecinos
y asqueados con los extranjeros
que parecen incapaces
de entender
la pobreza.

Cuando la fea revuelta por fin ha terminado,
Edver y yo regresamos a la computadora de Yavi,
aliviados de que parece no importarle
prestarla y de que su dulce y anciana bisabuela
apenas nos nota porque está tan ocupada
poniendo a hervir
cangrejos de tierra.

En busca de secretos

~ EDVER ~

Escondidos en lo profundo de la barriga
del basurero informático de la computadora,
encuentro fragmentos
que nos ayudan a resolver nuestro misterio:
el apodo del contrabandista,
su nombre real y, lo peor de todo,
sus antecedentes penales.

Lo llaman La Aspiradora Humana.
Una vez lo arrestaron con medio millón
de mariposas exóticas, muertas y llenas de polvo,
esparcidas por todas partes de su —por lo demás—
común y corriente casa en California.

También tiene una tienda en Japón, donde vende,
en máquinas expendedoras, escarabajos rinoceronte vivos.
Son apreciados por gente que tiene
a los insectos gigantes por mascotas y organiza peleas
para verlos luchar con sus afilados cuernos
como si fuesen espadas.

Pero el repugnante novio de mamá
no solo vende insectos: también lo han atrapado
en el contrabando
de cotorras, guacamayos, cacatúas, peces de acuario,
orquídeas fantasma,
pinturas y estatuas.

Ni siquiera es un científico,
sino un hombre de negocios
que hace dinero
de cualquier manera posible.

Apuesto a que contrata a niños para que lo ayuden
adondequiera que va.

Es fácil imaginárselo acampado
en otras selvas, a la espera de que aparezcan
niños pobres: los hambrientos que necesitan
unas cuantas monedas para comprar la cena
más de lo que necesitan saber
si los animales que matan
podrían ser los últimos individuos
vivos
en la Tierra.

Especies enteras han sido destruidas
por la avaricia
de La Aspiradora Humana.

Mundo extraño

~ LUZA ~

Nunca he vivido lejos de nuestra selva,
por lo que es muy difícil entender ningún lugar
en el que un monstruo de la matanza tan solo
cumpla veintiún meses en prisión.

Su especialidad es darles el tiro de gracia a los últimos
miembros vivos
de especies exóticas, con tal de hacer que los precios
de los especímenes muertos
se disparen por las nubes.

Tiene incluso hasta invernaderos
para criar y cultivar animales y plantas en peligro de
extinción,
en aras de venderlos a coleccionistas
en algún horrible momento futuro
cuando todos los salvajes y silvestres
hayan desaparecido.

Ahora que sabemos quién es
y lo que hace, mi hermano y yo
estamos más confundidos que nunca.

Si se lo decimos a papá y abuelo, quizá podrán
atraparlo, ¿pero volverán a confiar en nosotros?
¿Acaso no deberíamos intentar mantener nuestro error
secreto

y resolver este problema por nuestra cuenta
e inventar algún modo de simular
que todo esto no es
culpa nuestra?

Si tan solo pudiera viajar en el tiempo
hasta un minuto antes de que aprendiésemos
a diseminar una sola, pequeñita, peligrosa mentira.

Esas dos palabras, *papilio nuevo*,
volaron tan lejos a través del infinito internet
que nunca desaparecerán
por completo.

No puedo resolver ni inventar el pasado.
Tengo que encontrar un modo de cambiar el futuro.

¡Tormenta!

~ EDVER ~

Mientras estamos inmersos en nuestra pugna
por tomar una decisión, la lluvia y los truenos
llegan por fin y acaban con la sequía
que se nos antojaba interminable.

Quizá La Aspiradora Humana,
producto de la inundación, recoja su tienda de campaña
y abandone su sueño de vender
cada ejemplar de un nuevo papilio
a cien mil dólares
o más.

Pero no.
Sigue ahí, comprobamos rápidamente,
escondidos con sumo cuidado
antes de escabullirnos de regreso a casa
para ponernos a hacer planes.

Esta es la pregunta que nos hacemos una y otra vez:
¿por qué nuestro papá no ha encontrado
y arrestado al contrabandista?

Apenas parece que patrulla estos días.
Lo único que hace es sentarse con abuelo,
ambos entre murmullos e inclinaciones de cabeza
mientras organizan documentos desordenados

en el cuarto de museo
como si estuvieran inmersos
en su propio
plan secreto.

Acabo de comenzar a conocer a mi padre
y ahora ya lo echo de menos, como si el verano
se hubiera terminado y estuviese rumbo a casa.

Pero no lo estoy.
Todavía hay tiempo
para sorpresas.

Después de la lluvia

LUZA

Ranas arbóreas, aves cantoras,
cieno que suspira
y miles
de mariposas
en el encharcamiento.

Iguanas que toman baños de sol en nuestro techo.
Un majá que se enrosca en una rama.
Gallinas que cacarean y una lagartija cenicienta
que levanta delicadamente
sus pegajosas patas
una a una.

¡Mi hermano perdido hace mucho tiempo ha resultado ser
toda una mezcla de problemas y amistad!

¿Qué argucia deberíamos maquinar juntos?
¿Cómo deberíamos actuar?

No puedo soportar la idea de revelar
nuestro desastre compartido
a papá y abuelo…
pero tampoco podemos ignorar al contrabandista,
porque juntos, Edver y yo, tenemos en nuestras manos
culpables
el destino de muchas frágiles
vidas que aletean.

Claves

~ EDVER ~

El aguacero da paso al calor.
En el pueblo hay rumores
de parques públicos con un repentino
acceso legal al internet
por toda la isla,
un cambio que podría traer
comunicaciones normales, incluso hasta
videojuegos modernos, pero no tengo mi teléfono
y aun si lo tuviera, no estoy seguro
de que esas llamas de dragón
representarían tanto para mí a estas alturas,
ahora que estoy estancado en medio
de una catástrofe en la vida real.

Me hacen falta armas y un plan: ¿a lo mejor
le robo el rifle falso a papá, con la esperanza de asustar
a La Aspiradora Humana
y hacer que se rinda?

¿O atrapo un alacrán venenoso
y lo cuelo en la tienda de campaña del tipejo?
¿O lo convenzo de que los policías de azul
y los soldados de verde vienen a arrestarlo?

Mamá me enseñó a tomar decisiones
luego de contemplar una serie de opciones
que sigan el modelo de la clave científica

que aparece en cualquier guía de campo
para identificar animales.

¿Seis u ocho patas?
¿Tres partes del cuerpo o dos?
¿Ocasionalmente o nunca alados?
¿Es posible que tengan piezas bucales que mastican
o siempre aparecen con bocas atenazadas?

En este caso, las únicas dos respuestas
son insectos o arañas, pero otras claves
son harto más complicadas, con pares
de opciones
que se bifurcan y se bifurcan
hasta que por fin llegas al final
e identificas
algún misterioso
espécimen.

Las opciones emocionales no son tan fáciles,
pero aun así el método científico funciona.

¿Cierto o falso?
¿Justo o injusto?
¿Trae como resultado la paz mental
o la culpa?
Lo único que tienes que hacer es escribir tu propia
clave científica para organizar
la confusión general.

Pero Luza y yo no la tenemos fácil.
En vez de eso, debatimos posibilidades
hasta que estamos tan cansados que se queda dormida
en una hamaca en el jardín, mientras yo juego
con Snoopy, como si todavía fuese
un niño inocente que no tiene que tomar
ninguna inmensa decisión
que vaya a cambiar el mundo.

La demora

LUZA

Tan solo simulo
que duermo en paz
mientras la mente de mi hermano
va a toda prisa en busca
de problemas,
su especialidad.

Me gustaría que pudiésemos salpicar con la verdad
todas las partes de nuestras vidas,
como si fuera pintura o pegamento
que se derrama de una botella rota
mientras haces un mosaico.

Lo único que tendríamos que hacer sería limpiar
y comenzar de nuevo, pero en vez de eso,
aquí estamos, enfrentados a un dilema
tan exigente como las negociaciones
entre naciones enemigas.

La escabullida

EDVER

No puedo esperar a que Luza se despierte,
así que me voy solo
con Snoopy acurrucado bajo mi sudorosa camisa.

Sigo a la espera de que alguien me detenga,
pero papá y abuelo están atareados
con la organización de los documentos
y el uso del microscopio para identificar un enorme
escarabajo joya verde-metálico, con armadura de robot.

Están tan absortos en su trabajo
que apenas levantan la cabeza una vez,
sin importar la cantidad de veces que intente
hacerme visible
al merodear cerca de las ventanas.

Si tan solo pudiese hacer clic en un punto en la pantalla,
terminar esta parte de mi vida
y empezar de nuevo.

La adrenalina debe haber llenado mi cerebro de luz,
pues todo luce brillante
y borroso a la vez, como los árboles
vistos a través de un caleidoscopio
de colores rotos.

Snoopy me da un arañazo en el pecho
con sus pequeñas garras afiladas, así que me lo saco,
lo pongo en mi hombro y me pregunto
dónde se supone que encuentre el coraje
para confrontar al MÁS BUSCADO
contrabandista de vida silvestre del mundo.

Entonces reconozco la verdad.
No puedo hacer esto solo.
Me hace falta la ayuda
de mi hermana
y sus ideas raras, todo ese realismo mágico,
su propio, especial y extraño estilo de arte
con ilusiones lo suficientemente ingeniosas para engañar
a un embustero.

Así que me doy vuelta y corro hasta llegar a Luza
y la sacudo hasta despertarla —aunque
ahora sé que fingía dormir— y entonces,
rápidamente, le explico mi plan imaginado a la carrera,
quizá en voz demasiado alta.
Espero que papá y abuelo
no me hayan escuchado.

El desafío

LUZA

Ilusión quiere decir imaginación o sueño,
la fantasía salvaje de algún día alcanzar
una meta, pero ¿por dónde empiezo?

La extraña argucia de mi hermano
sorprendentemente tiene sentido.

Papel, por supuesto.
Sí, sí, tengo bastantes hojas
que he hecho yo misma, tan suaves y flexibles
como la tela, creadas al empapar periódicos
y después enjuagarlos en nuestra vieja lavadora rusa,
filtrar las asperezas a través de un mosquitero, colgar el papel
a que se seque y, por último, teñir cada hoja
con un color que sólo se halla en la naturaleza,
para que siempre que quiera hacer
un *collage*, tenga de sobra resplandecientes
opciones de un brillo tenue.

Amarillo del azafrán, rosado del liquen,
el sorprendente verde de la piel de la cebolla roja
y un azul tan profundo que se parece a la noche,
y que se logra al hervir hojas de añil
hasta que el tinte azul celestial se vuelva casi negro.

Azafrán y azul índigo es lo único que nos hace falta.
Las alas amarillas, el cuerpo negro-cueva, las antenas

y la cabeza, una ilusión de ambos tipos,
el sueño
y este truco,
casi mágico
y aun al mismo tiempo
tan convincente
que mi PAPILIO NUEVO
parece completamente
real.

Frasco de la muerte

EDVER

Dentro de una botella de vidrio,
la mariposa de papel luce asombrosa.
¡Esas alas en verdad aletean!
Si la obra maestra de mi hermana
no fuese tan perfecta, la nombraría asquerosa,
chévere, fenomenal,
todas las palabras que solía usar para la muerte
hace una eternidad, cuando comenzó el verano,
cuando pensaba que matar era algo
que solo ocurría en la pantalla,
donde era temporal e inofensivo, tan solo una
destreza científica más.

Ahora, dentro del frasco de la muerte,
parece que las apestosas
bolas de naftalina en realidad hacen su trabajo letal
y llenan el aire de veneno, para que las rayadas
alas de papel
luzcan como si sufrieran
lentamente.

Peligro

~ LUZA ~

Tenemos una mariposa falsa,
pero nos hace falta una buena historia,
las palabras acertadas para engañar
al embaucador.

Sobre nuestras cabezas, las ramas, las hojas, el cielo
parecen aplaudir nuestra intrépida argucia.

Tengo esposas que hice con trozos
de plástico rígido de la basura y duras botella de agua
dejadas en el sendero por los turistas.

También tengo un frasco de vidrio que contiene
mi magia casera, el espíritu
de una mariposa, atrapado
en un papel.

La preparación

EDVER

Lo único que tengo es a Snoopy y el coraje.
Si esto fuese un juego, habría
tantas posibilidades: armas, elíxires,
gemas preciosas para el canje, secretos
por descubrir
en el fondo de las cuevas…

Pero esto no es un juego, y si morimos
no habrá ningún modo de comenzar de nuevo.

Por eso nos hace falta la mejor historia
que podamos inventar,
algo creíble y asombroso
a la vez, común y corriente
a la par que estremecedor; una tentación,
un imán, un señuelo…

Tan pronto como encontramos el campamento del tipejo
—en calma, rodeado de helechos, magnolias
y palmas altísimas—, Luza comienza a contarle
su recién inventado cuento, con la voz que se tuerce
en antorchas
de fascinación, cada hebra
tan brillante como una llama que salta
en el fuego prehistórico,
con una aldea entera

reunida,
a la escucha.

Pero es solo él, un contrabandista malpensado,
un hombre tan malvado y codicioso que probablemente
vendería
a sus propios parientes, si alguien rico
quisiera coleccionarlos.

Tan solo el reconfortante silencio
de las enroscadas hojas de los helechos
me mantiene lo suficientemente tranquilo
para que resista
ponerme a dar gritos.

La confrontación

LUZA

El interés de La Aspiradora Humana crece
al escuchar mi declaración de que la mascotica
de mi hermano
es nueva a la ciencia,
un híbrido natural
entre las jutías de la costa
y las de la montaña,
una tierna criatura, igual de amistosa
y tan inteligente como un perro,
pero pequeña y encantadora,
el regalo perfecto para cualquier niño rico extranjero
merecedor
de un tesoro exótico.

Sí, atraje su atención y ahora
lo único que tengo que hacer es sostener mi mariposa falsa
lo suficientemente cerca para que la note, pero no tanto
que pueda ver las tiras de suave papel pegado
en lugar de la valiosa y en peligro de extinción
mariposa tigre.

Así que mientras mi hermano usa a Snoopy
de anzuelo para enganchar al contrabandista,
yo revoloteo alrededor de su campamento
con el falso frasco de la muerte visible
y las improvisadas esposas
cuidadosamente escondidas.

Cinco dólares.
Eso es lo que el monstruo me ofrece
por este frasco y su tentador contenido.
Cinco dólares por una mariposa
que piensa subastar por más
de cien mil dólares.

Claro que sí, le respondo,
mientras aún mantengo el premio fuera del alcance,
lejos de sus manos,
dejándolo que dé vueltas,
en un intento de seguirme
mientras pongo en escena un ridículo
bailecito infantil y simulo celebrar
la fortuna que me acaban de ofrecer,
porque cinco dólares americanos
en nuestra selva remota
son como mil dólares en cualquier otra parte
en la Tierra: ¡no en balde tanta gente pobre
vende la vida silvestre!

Los feos ojos de La Aspiradora Humana
no me pierden pie ni pisada,
como si pensara agarrar el frasco
y huir a toda prisa con mi NUEVO PAPILIO,
en lugar de pagarme la cantidad que acaba
de prometer.

¡Pensará que soy tonta!
¿Es así como engañó a mamá

para gustarle o para enamorarla, o peor aun:
será posible que ya
estén casados?

¿Acaso es el nuevo padrastro
de mi hermano?

La batalla

~ EDVER ~

Cuán pronto una victoria se convierte en un fracaso.
El contrabandista agarra a Snoopy con una mano,
me empuja con la otra y se abalanza deprisa
hacia mi hermana, que todavía sostiene el frasco
fuera del alcance.

Snoopy chilla y le da un arañazo
tan fuerte al cuello del tipo, que veo
una veta de sangre, escucho una maldición
seguida de un quejido, la prueba
de que las garras de mi valiente mascota
en verdad hacen daño.

Mi hermana corre como un rayo y lo esquiva,
sus habilidades del fútbol increíblemente útiles
para evitar esos dedos avariciosos.

Lo único que sé hacer es patinar,
así que me levanto, me deslizo en una penca empapada
y levanto con los pies una pegajosa mugre mojada
que me permite
llenar la cara del tipejo con un fango enceguecedor.

Cuando tropieza y cae de rodillas,
rescato a Snoopy mientras Luza engancha
esas aparentemente debiluchas esposas de plástico

en las muñecas de La Aspiradora Humana
y las aprieta bien, tomándolo desprevenido
mientras intenta restregarse
el barro áspero
de los ojos
con sus puños atrapados.

¡Ganamos!
¿Y ahora qué?

De algún modo tendremos que impedirle que huya,
pero ya es demasiado tarde; se para y corre a toda prisa;
estar maniatado no es suficiente para inmovilizarlo.

Si tan solo se nos hubiese ocurrido esposas extra
para sus pies.

El campo de batalla

~ LUZA ~

He visto suficientes peleas en la escuela como para saber
que ganar el primer asalto no basta
para que termine la pateadura, sobre todo
cuando tu enemigo se te escapa.

Así que corro detrás de él y chillo para asustar
a todas las ocultas criaturas de la selva,
con la esperanza de que una bandada
de ruidosas cotorras levante el vuelo desde los árboles,
tan alarmadas que el chanchullo de sus graznidos
haga que este horrible hombre pause
tan solo lo suficiente
para ser atrapado.

¿Y después qué?
Una vez más, no habíamos pensado en el futuro.
No somos más sabios de lo que éramos al enviar
esas dos palabras, *papilio nuevo*, a que se precipitaran
a través de un vasto, escalofriante universo artificial:
el internet.

¡Remolino!

EDVER

Con Snoopy colgado de mi pelo
y Luza que se abalanza delante de mí,
me siento como un niñito inútil,
tan solo un año menor
que mi hermana, pero mucho menos
atlético, así que regreso a intentar
mis habilidades usuales, deslizarme y pensar
al mismo tiempo, mientras imagino un juego
con todos estos jugadores: altísimos helechos
como un fondo ideal para cualquier demostración
de las llamaradas de un dragón…

pero no sé cómo respirar fuego
y Snoopy está casi arrancándome las orejas,
con Luza que pierde terreno mientras el contrabandista
se apresura y va a parar directamente
a un barullo de chillidos,
gritos, silbidos y pezuñas retumbantes,
todos los ruidos que he escuchado tantas veces
mientras dos ejércitos de caballeros electrónicos
galopan los unos hacia los otros
justo antes de la contienda.

Esta vez, en lugar de espadas y lanzas,
las únicas armas son los lazos
que giran enarbolados por papá, abuelo
y un puñado de otra gente vieja.

Mi cerebro parece que supura
en cámara lenta, mientras mi cuerpo rueda
—como en un sueño— con el dolor del impacto
suavizado por el fango, con Snoopy a salvo
por sus propias acrobacias
y Luza mucho más adelante ahora,
casi tan lejos
como esos nudos corredizos
que se ajustan alrededor
de los hombros y la cadera
de La Aspiradora Humana,
un villano de la vida real
derrotado por dos niños,
una jutía y una entusiasta multitud
de viejitos canosos
a caballo.

Los abuelos deben haber aprendido
cómo lanzar las sogas del rodeo
por allá por la mitad del siglo veinte
cuando todavía eran jóvenes
y esta montaña
todavía estaba rodeada
de ranchos y vaqueros.

Bueno, de vaqueras también, supongo,
pues algunas de esas viejitas
sí que parecen
expertas.

¡El triunfo!

LUZA

En lugar de como un criminal, el cazador furtivo
ahora luce más como una oruga, envuelto
en tantas capas de lazos que parece
estar cómodamente acurrucado en un capullo
de sogas enredadas.

"Oímos", dice abuelo.

"Increíble", añade papá.

No podría decir qué escucharon
o si nuestro padre piensa
que somos increíbles de un modo tonto
o de una manera asombrosa...

pero a quién le importa,
porque Edver, Snoopy y yo estamos a salvo
y uno de los peores cazadores furtivos del mundo
va rumbo a la prisión.

El fin del verano

~ EDVER ~

Explicárselo todo a papá
es castigo suficiente como para que dure
toda una vida.

Las confesiones no son fáciles.
Daría cualquier cosa por no tener que describir
el modo en el que guie el desastroso mensaje
de mi hermana, las primeras palabras que ella jamás
escribiera
en una computadora.

Pero lo que sigue es tan raro
que incluso una isla sin internet
comienza a parecer normal.

Mamá aparece.
Mamá y un hombre a quien presenta como agente
del Servicio de Pesca y Fauna Silvestre
de los Estados Unidos,
que opera encubierto
para ayudarla a atrapar
a un notorio contrabandista.

El policía de la vida silvestre es un tipo musculoso
con ojos azules que van dirigidos demasiado frecuentemente
a mi madre y también demasiado nerviosamente
a mi padre.

Pobre papá.
Luce furioso y afligido
a la vez.

Pobre mamá.
Está tan sorprendida cuando se entera
de que ya atrapamos al maloso
que lo único que hace es disculparse por llegar tarde.
Presenta excusas: el carro que alquilaron en La Habana
se rompió, tuvieron que pedir botella
como todo el mundo, las máquinas que los trajeron
eran lentas y toscas…

Pobre Luza.
Luce aturdida.

Abuelo es el único que parece listo
para abrazar a su hija y darle la bienvenida de vuelta
y tratarla como parte de esta loca, enredada
familia de dos países que atrae el desastre.

La reaparición

~ LUZA ~

No puedo creer que mamá esté aquí ahora,
aunque haya añorado tanto tiempo
su llegada.

Luce igualita a sus fotos,
pero su expresión es más dulce,
como si de repente fuese
humana.

Cariños, abrazos, disculpas, explicaciones
y aun así está esta distancia, el efecto de tantos
inalterables años que vivimos separadas.
¿Cómo se explica que unas simple noventa millas
de azul océano común y corriente
hayan podido mantener a tantas familias divididas
hasta ahora?

Cada pensamiento es una ola que me atropella
y me sabe tan salada
como las lágrimas.

Mareado

EDVER

La Tierra gira sobre su eje,
orbita alrededor del sol
y se desplaza con todo
el sistema solar
mientras pasa zumbando a través
de nuestra galaxia.

Todos esos años luz
bien podrían ser una fantasía
porque ahora la realidad y los mitos
me saben a lo mismo.

Mamá asegura que no sabía nada
de La Aspiradora Humana
hasta que ya había empezado a salir con él
y notó la manera tan poco natural en que se fascinó
al ver la nota de Luza
sobre la nueva especie de papilio.

Así que apresuró una investigación rápida,
como mismo hice yo, conectó su foto
a las páginas de subastas de insectos y se dio cuenta
de todas sus peligrosas mentiras.

Después ayudó a las autoridades internacionales
a tenderle una trampa, solo que no llegaron

a tiempo y todo fue dejado
a los lugareños de aquí, en nuestra montaña.

Todavía luce sorprendida
de que nos las arreglamos bien.

Ahora tiene una tarea harto más difícil:
intentar encontrar el perdón de Luza
por el pasado partido en dos
de nuestra familia.

Escucharrrr

~ LUZA ~

Mamá dice que me dejó
tan solo porque yo estaba muy apegada a papá
y porque tenía miedo de que me cayera
del pequeño bote robado y porque
era demasiado cobarde para esperar
a que ambos, mi hermano y yo,
fuésemos mayores, antes de buscar
su propia oportunidad de establecer
una exitosa
carrera internacional
con ilimitadas libertades
de viaje.

Abuelo se quedó para ayudarme, añade,
y por aquellas fechas abuela aún vivía,
así que se mantuvieron en contacto,
siempre con planes
de reunirse
algún día.

Todos se escribían cartas al principio, a la antigua,
en papel, pero como Estados Unidos y Cuba
eran enemigos sin mensajería directa,
los sobres tenían que entrar y salir
mediante otros países y con frecuencia
se perdían en el trayecto.

Fue un desafío.
No es fácil.
Mamá perdió su habilidad de resolver.
Se dio por vencida a la hora de solucionar problemas.
Ahora está aquí mismo frente a mí,
contando historias junto a un policía de la vida silvestre,
ambos volviéndose primero hacia
papá y luego hacia abuelo
para ver si
todavía tienen algo más
que decir.

Para nada.
Tampoco Edver.

Yo soy la única con un suministro infinito
de adivinanzas que me estallan del corazón
y dejan esquirlas
de signos de interrogación
por todo el suelo de nuestra selva,
listos para ser juntados
en un delicado,
frágil
mosaico familiar
con alas.

Oír

EDVER

Equipos de investigación.
Cooperación internacional.
De eso se trataban
los formularios que papá
debía llenar.

La UNESCO. Las Naciones Unidas.
La designación como una reserva de la biosfera del mundo.
Una encuesta de la vida silvestre que traerá a investigadores
de todo tipo.

A mi cerebro le deben estar saliendo raíces,
porque de algún modo me las agencio para sentarme
tranquilo y compilar
todo el barro, el fango, el moho, el cieno, la mugre
y la costra de estos sentimientos excedentes
una vez que por fin
son revelados.

Entre los árboles

~ LUZA ~

Miro hacia arriba.
¡Un gran espectáculo
de luces
y de sombras!

Miro hacia abajo.
¡El tesoro del suelo
y la humedad!

En el medio,
tantas ramas individuales,
esta armonía de raíces
y alas, todo un mundo
de posibilidades.

La magia familiar

EDVER

Si esto fuera un videojuego,
nos borraría a todos nosotros
y empezaría de nuevo,
sabiendo exactamente
qué esperar.

Solo que no lo sabría, no en verdad,
porque mañana
probablemente será
igual de extraño.

Así que escucho los planes de que Snoopy se quede aquí
al cuidado de abuelo, mientras Luza
y yo vamos de regreso a nuestras escuelas.

También hay otros planes de que abuelo
y mi hermana vengan a quedarse con nosotros durante
Navidades
y de que después mamá me traiga acá
durante las vacaciones primaverales y quizá también
el próximo verano…

Mientras mamá y papá hablan con todo el mundo
excepto entre sí,
intento escuchar algún tipo
de esperanza para el alocado futuro
de esta familia lázaro.

¿Juntos?
¿Separados?
¿De acá para allá?

Podría escribir EL FIN,
pero no sería verdad,
pues nuestra perdida y encontrada
historia de dos países
por fin parece lista
para comenzar de nuevo.

El futuro es inmenso.
Todavía hay tiempo de sobra
para las sorpresas.

Agradecimientos

Agradezco a Dios por la biodiversidad y por la gente que trabaja para proteger a las especies en peligro de extinción y a los hábitats amenazados. Estoy profundamente agradecida a mi esposo, el entomólogo Curtis Engle, por viajar conmigo a algunas de las espectaculares reservas de la biosfera de Cuba, designadas como tales por La Red Mundial de Reservas de la Biosfera de la UNESCO. Gracias especiales a mis parientes en Cuba por su hospitalidad.

Por información sobre la peor Aspiradora Humana, estoy en deuda con la entomóloga Lynn LeBeck, que me recomendó *The Pursuit of the World's Most Notorious Butterfly Smuggler*, de Jessica Speart. Gracias especiales al entomólogo Mike Klein por confirmar la presencia de escarabajos joya en Cuba.

Por su apoyo continuo, quisiera dar las gracias a Jennifer Crow y Kristene Scholefield del Arne Nixon Center for the Study of Children's Literature y a mis amigas Sandra Ríos Balderrama, Joan Schoettler y Angelica Carpenter. Gracias especiales a Michelle Humphrey, mi maravillosa agente, a Reka Simonsen, mi increíble editora y a todo el equipo editorial de Atheneum/Simon & Schuster.

Frases verdaderamente chéveres de la biodiversidad

Biodiversidad: Diversidad biológica; en otras palabras, la gran variedad de plantas y especies animales en el mundo. Algunas de las áreas más biodiversas en el mundo son las selvas tropicales.

Especies endémicas: Plantas o animales que solo se encuentran en un área específica. Debido al aislamiento, muchas islas tienen especies endémicas que no se encuentran en ningún otro lugar en la Tierra.

Especies lázaro: Plantas o animales que se creían extintos hasta que fueron encontrados con vida. Algunas especies lázaro, como el almiquí cubano, habían sido clasificadas como extintas por menos de un siglo antes de ser redescubiertas. Otras solo eran conocidas por sus fósiles hasta que especímenes vivos fueron identificados. Un ejemplo de esto es el monito del monte, un diminuto marsupial que se creía extinto desde hace más de once millones de años hasta que uno fue hallado en unos bambusales en Chile.

La Red Mundial de Reservas de la Biosfera: Una red de áreas biodiversas designada por la UNESCO, que es una rama de las Naciones Unidas. En 2016, había cerca de setecientas reservas de la biosfera en la Tierra, incluidas seis en Cuba. Algunas de estas áreas protegidas cruzan fronteras, uniendo a los países con un objetivo común de conservación de la naturaleza. Otras están aisladas. Muchas incluyen granjas locales y pueblos en los que la gente se gana la vida mediante el uso sabio de los recursos naturales, en lugar de con acciones negligentes. Para aprender más acerca de estas comunidades, visita unesco.org.

Gente verdaderamente espeluznante, de la peor calaña

Las Aspiradoras Humanas de la vida real que matan especies en peligro de extinción tan solo para venderlas a coleccionistas. En los casos más horripilantes, matan y acaparan a los últimos miembros de una especie para pedir precios más altos por ellos tan pronto como sean declarados en extinción.

MARGARITA ENGLE es una poeta y novelista cubano-americana cuyos libros incluyen *El árbol de la rendición*, ganador del premio de honor Newbery, el premio Jane Adams para libros para niños, el premio Pura Belpré de autor, el premio de las Américas y el premio de poesía Claudia Lewis; *El poeta esclavo de Cuba*, ganador del premio Pura Belpré para autores y el premio de las Américas; *Secretos tropicales*; *Las cartas de las luciérnagas*; *Los bailadores del huracán*; *El libro salvaje*; *El soñador del relámpago*, ganador del premio literario de PEN para literatura juvenil; *Gente plateada*; *Una niña, un tambor, un sueño*, ganador del premio Charlotte Zolotow; *Isla de leones*; y su libro de memorias *Aire encantado*, ganador del premio Pura Belpré y del premio de honor Walter Dean Myers. Vive con su esposo en California. Visítala en margaritaengle.com.

ALEXIS ROMAY es autor del poemario *Los culpables* y las novelas *Salidas de emergencia* y *La apertura cubana*; ha traducido al español cinco libros de Margarita Engle: *El árbol de la rendición, El caballo Lucero*, *Aire encantado*, *Isla de leones* y *La selva*.

Pasa la página para leer un avance de

Isla de leones

A la carrera con palabras

ANTONIO CHUFFAT
12 años de edad

Año de la cabra
1871

Con las palabras a cuestas

La llegada de los californianos
lo cambió todo.
La escuela.
El trabajo.
La esperanza.
Todo me pertenece, ahora que tengo un empleo
entregando mensajes misteriosos
para el señor Tung Kong Lam de Shanghái,
quien huyó a Cuba luego de tan solo un año
en San Francisco.

La violencia en California debe de tener
la fiereza de un dragón
para hacer que tantos refugiados busquen un nuevo hogar
en esta isla
de guerra.

Formado por las palabras

Mis ancestros nacieron
en Asia, en África y en Europa,
pero a veces me siento como un pájaro
que ha migrado a través del vasto océano
a esta
pequeña isla,
como si
me estuviera encogiendo.

No conozco la lengua africana de mi madre.
Apenas conozco a sus parientes esclavizados.
Solo conozco a la mitad china de mi familia.

Los maestros dicen que soy un niño de tres mundos,
pero siento que soy una criatura de dos palabras:
Libertad.
Esperanza.

Un hambre de palabras

Me dio pánico cuando mi padre
me trajo a esta concurrida ciudad de La Habana
desde nuestra tranquila aldea.

Me dejó solo en una escuela
llamada "El Colegio para Desamparados
de la Raza de Color",
en donde soy solo uno entre muchos
niños que son parte africanos.

La mayoría son huérfanos, abandonados, indeseados,
expulsados como basura,
pero estoy aquí porque
mi padre quiere que aprenda un español correcto,
en lugar de mezclarlo con su lengua nativa,
el cantonés del sur de China,
un inmenso país que nunca he visto
y que apenas puedo imaginar,
tan acostumbrado estoy
a la mezcla
de los pensamientos
y las lenguas
de esta pequeña isla.

Los leones, los pavos reales y la batalla de palabras

Los mensajes que llevo del señor Lam
son para hombres de negocio, diplomáticos y soldados
de dos imperios.

Los soldados españoles me son familiares,
pero hasta hace muy poco viví en el pequeño poblado
de Jovellanos, en donde nunca vi a los visitantes reales
de la China imperial.

Los líderes militares de Pekín
llevan brillantes leones dorados
bordados en el pecho, como corazones que braman.

Los soldados de menor rango están marcados por tigres,
panteras
o leopardos.

Pero el más poderoso de los símbolos
pertenece a los diplomáticos,
hombres de palabras cuyas túnicas de seda están bordadas
con resplandecientes pavos reales, cigüeñas de largas patas
o elegantes
garzas reales.

Incluso un solo botón puede tener significado.
Rojos, rosados, azules, claros como el cristal o de un marrón
barro.

Cada tonalidad le otorga a un diplomático
la autoridad para resolver
cierto tipo
de argumentos.

Siempre que merodeo por las esquinas de alguna habitación
sofisticada,
a la espera de una respuesta escrita
que pueda llevar de vuelta
a mi ocupado patrón, noto el modo en el que los soldados
siempre se doblegan ante oficiales civiles.

Estos mediadores decorados con pavos reales
son más respetados
que los leones rugientes
de los héroes militares.

Palabras de sueños

Cuando cierro los ojos bien entrada la noche
luego de la escuela y el trabajo,
el consuelo del sueño
no
me alcanza.

Todo cuanto veo en mi ensueño es un desfile de bestias
que gruñen y chillan,
mientras dignas criaturas aladas
explican tranquilamente sus PODEROSAS
opiniones.

¿Acaso alguien
me escuchará
alguna vez?

¿Y qué les diría si lo hicieran?
¿Llegaré a ser un león que ruge
o el ave diplomática
que habla serenamente?

Palabras como armas

PODER es una palabra que me atrapa con su hechizo
de fuerza tempestuosa.

El PODER le permite a España gobernar a Cuba.
El PODER mantiene a los esclavos africanos
y a los chinos bajo "servidumbre por contrato"
en cadenas.

Pero yo nací libre; trabajo, estudio
y escucho al señor Lam
hablar de democracia…

¡Un hombre,
un voto!

Imagina lo que sería tener opciones
en lugar de
MIEDOS.

Las palabras son posibilidades

En las mañanas en la escuela, recito conjugaciones verbales
en español, pero me paso las tardes a la carrera
con notas urgentes escritas en caracteres chinos.

Cada mensaje envuelto
en el calor de mi mano
parece estar vivo.

Algunos son cartas a editores de periódicos
en Shanghái o Pekín, y soy yo quien corre
con pies que caen como tambores
en los senderos resbaladizos
aporreados por la lluvia que parece
un martillo, metiéndome ideas
en la cabeza.

Traducción, comprensión, un intercambio
de significados…
¿Podré ser alguna vez un paciente diplomático, o preferiré
la intrépida vida de un león?

Palabras escritas

El señor Lam me dice que podría ser
un buen reportero de noticias,
por el modo en que siempre
observo,
escucho,
aprendo,
antes de abrir
mi diario
para escribir.

Palabras perturbadoras

A la carrera, paso cerca de esclavos amarrados a los postes
de azotes,
esclavos encadenados juntos, esclavos engrilletados
a vagones...

Luego entro al Barrio Chino,
lleno de hombres libres como mi padre, que cumplió
su contrato de ocho años y se negó a firmar
otro.

¿Quién hablará en nombre de los africanos
en cartas escritas a los editores en Madrid?

Quizá un día sea yo quien lo haga, pero por ahora
todo cuanto tengo es este trabajo, en el que llevo
palabras que zarparán
a China.

Palabras de lujo

En la casa de Lam, algunos de los mensajes que llevo
son cartas a editores, pero la mayoría son acuerdos de negocios
que culminan en cargamentos de jade, seda, porcelana,
objetos de charol, mueblería, hierbas medicinales,
estatuillas de marfil, incienso de sándalo,
y otros elegantes
tesoros de Shanghái.

Nada de esto es suficiente para hacerme valorar al dinero
más que a los libros.

En la escuela, estudio; luego, en el trabajo, corro;
y más tarde, en la quietud de mi cuarto en la noche,
escribo en mi diario, y recuerdo
cada detalle.

Las palabras de los emperadores

Cuando mi padre visita, escucho sus conversaciones
con el señor Lam acerca de la injusticia en esta isla de
colmillos de león
y de brutales contratos por ocho años.

El emperador firmó un pacto con España
en el que acordó aportar un cuarto de millón de braceros,
campesinos comunes y corrientes de la provincia de Cantón,
jornaleros para las plantaciones de Cuba y Perú.

Tan pronto como los hombres bajo servidumbre por
contrato llegaron a esta isla,
fueron bautizados y recibieron nombres de santos católicos,
en ceremonias oficiadas en latín, una lengua
que solo la entienden los curas.

El sistema de servidumbre por contrato tiene que acabar,
insiste mi padre.
Por supuesto, concuerda el señor Lam,
mientras hablan y hablan
en cantonés, y yo traduzco sus palabras
en mi mente, para practicar mi español, para que un día
pueda escribir cartas a los editores
en Madrid.

Palabras de guerra

Al día siguiente en la escuela, en vez de escribir un ensayo
sobre la antigua filosofía griega, le entrego a mi maestro
una página garabateada con rabia.
Palabras fieras.
Palabras feroces.
Palabras que apuñalan, que muerden, que arañan
y que amenazan con estallar en llamas.
Pero mi maestro pacífico sonríe y dice que estoy
aprendiendo
a luchar por mi futuro, en lugar de batallar
con el pasado.